― 書き下ろし長編官能小説 ―

宿なし美女との夜

伊吹功二

竹書房ラブロマン文庫

目次

この作品は、竹書房ラブロマン文庫のために
書き下ろされたものです。

第一章　売り込む女

田川速人《たがわはやと》の伯父は、甥に小さなアパートを遺《のこ》して逝去《せいきょ》した。遺言には、「アパートを潰《つぶ》してはならぬ」とあった。要するに、売ってはいけないということだ。

だが、速人はまだ二十五歳と若く、会社にも勤めていた。彼はしばらく悩んだが、伯父の四十九日を済ませると、突然会社を退職した。故人の遺志を尊重し、アパート経営に専念するためだ。それに内心では、仕事をあまり面白く感じていなかったのもある。

物件は、都心からすこし外れた住宅街の中だ。通りから奥まった場所にあり、沿線からも遠く、木造二階建ての家屋は老朽化している。最初に確認したとき、これでは誰も住みたがらないと速人は思ったものだ。そこでまず彼は、建物を改装することから始めた。

幸い伯父はある程度の運転資金を遺してくれていた。全く素人《しろうと》だった速人は一から勉強し、伯父と付き合いのあった業者に改装をお願いした。どうせなら女性が住みたがるようなアパートにしたい。さまざまな資料を調べたり、参考になりそうな物件を見学したりして知識が増えていくにつれ、最初はボンヤリしていたイメージが形になっていくのが面白かった。

そして数ヶ月後、ついにアパートは完成した。人気のデザイナーズ風に改装した建物は見た目にも美しく、これなら女性にも喜ばれそうだ。外壁や屋根ばかりでなく、窓枠にも洋館風の特注品をあしらった力の入れようだった。敷地に入る門扉も鉄製のお洒落《しゃれ》なものに変えた。

「これでよし、と」

仕上げに速人は物件名の入ったプレートを門扉に飾る。『メゾン・コンソラシオン』。慰めという意味のフランス語にしたのは、響きの良さで選んだのと、住人にとって落ち着ける場所にしたかったからだった。

こうして速人は一国一城の主《あるじ》となった。それまで住んでいたマンションから退去し、アパートの一〇一号室に移り住んだ。間取りは他の部屋と同じ1DK。独り暮らしには充分だった。

　しかし、彼には誤算もあった。建物の改装に夢中になるあまり、賃借人の募集を考えていなかったのだ。家賃の設定や契約の問題もある。一応門扉には「居住者募集中」の看板を掲げたものの、このままでは経営は立ちゆかない。

　そこで一〇一号室に入居した翌日、速人は改装を請け負った建築会社に相談しようと考えた。業界の繋《つな》がりで仲介業者を紹介してもらおうと思ったのだ。

　ところが、運命の悪戯《いたずら》だろうか、彼がいざ相談に出かけようとしたときに、一人の女が突然部屋を訪ねてきたのである。

「こちらのオーナー様でいらっしゃいますか」

「え……ええ、そうですけど何か」

「お部屋を拝見したいと思いまして、お訪ねしたのですが」

　女は三十歳前後だろうか。きちんとした身なりで、言葉使いも丁寧だった。浮かべた笑顔が明るい印象を与え、つい引き込まれそうになる。

　だが、彼女が居住希望者なら困ったことになる。

「すみません。まだいろいろと調整があって、その――」

　彼が言い淀んでいると、女はハッと気がついたように言った。

「大変失礼いたしました。実はわたくし、こういった者でして」

彼女は手にしたバッグから名刺入れを取り出し、一枚を差し出してくる。

「不動産……アドバイザー、ですか？」

「南栗栖《みなみくりす》と申します。こちら様のような賃貸物件の仲介管理をお手伝いさせていただいています」

「はあ」

なるほど業者というわけか。居住希望者でないと知り、速人はすこしホッとした。こういう業者が向こうからアプローチしてくるパターンもあるらしい。ちょうど相談しようと思っていただけに、興味もなくはない。とはいえ、あまりのタイミングの良さに、少々不審に感じてしまうのも事実だった。

そんな彼の反応を察したらしく、栗栖は自ら経緯を語り出した。

「ひと月ほど前にこの辺りを歩いていまして、ちょうど改装中のところを拝見したんですよ。そのときとても魅力的な物件だな、と思いまして、本日お邪魔したというわけです」

「そうでしたか。それはどうも——」

「失礼ですが、オーナー様のお名前を伺ってもよろしいでしょうか」

「あ。はい、田川と言います」

「田川様。こちらは女性専用とお見受けしましたが、いかがでしょうか」

栗栖の言うとおりだ。たしかに建物の外観を見れば想像がつきそうなものではあるが、彼女の口調には経験に裏打ちされた自信が感じられる。

いつしか速人は栗栖を信用し始めていた。

「隣にモデルルームがあるんです。家具とかあったほうが、住んだときのイメージがしやすいかと思って」

「素晴らしい！　オーナーとして百点ですわ」

彼が気を許した途端《とたん》、栗栖は大げさに褒めそやし、一〇二号室をぜひ見せてくれと言った。若い速人は手もなく説得され、合鍵を持って隣室へと向かった。

ショコラ色の玄関扉をカードキーで開ける。この規模のアパートでは珍しい設備であり、速人の自慢のひとつであった。

「どうぞ。お上がりください」

「失礼します」

栗栖は言うものの、しばらく部屋の玄関口に佇んだままだった。備え付けのシューズボックスやたたきの段差をチェックしているらしい。

背後にいる速人は、その目配りにさすがはプロだと感心する。

ところが、栗栖が不意にこんなことを言い出したのだ。

「惜しいなあ。あたしだったら、この時点でパスかな」

それは彼に向けて言ったというより、独り言のようであった。

だが、改装した物件に自信のあった速人はショックを受ける。素人の自分では気付かない瑕疵《かし》があるのだろうか。

「あの……どの辺りが『惜しい』んでしょうか？」

すると、栗栖はわざとらしく口元を押さえながら言った。

「あら、聞こえてしまったかしら」

「ええ、まあ」

「そうですね。やはり玄関には全身が映る鏡が欲しいところだわ。せっかく大きなシューズボックスがあるのだし、あとは鏡があれば完璧だったのにと思ったんです」

なるほど。普段鏡など覗《のぞ》かない速人にとっては盲点だった。

「女の人はそういう部分を気にしていますから」

栗栖は言いながら、パンプスを脱いで部屋に上がる。

すっかり彼女のペースだった。いたたまれなくなった速人はエアコンのヒーターを点《つ》けると、

「好きに見ていてください。俺、お茶を持ってきますから」

とその場から逃げるように一〇二号室を後にする。栗栖は、「お構いなく」と言いながら、その間も部屋のあちこちを熱心に調べていた。

いったん自室に戻った速人はため息をつく。

「ふうーっ」

のっけからケチがついてしまった。なまじ自信があっただけに、彼の消沈も深い。だが、栗栖の指摘《してき》は間違っていないこともわかっていた。やはり女性を相手にするには、同じ女性の目線が必要なのかもしれない。

だが、同時に別の感情も湧いていた。栗栖と二人きりで部屋にいるのが少々気詰まりだったのだ。実は、最初に見たときから彼女が美人であることには気がついていた。栗色の髪、涼しげな目元はどこか意味ありげで、男心をくすぐる妖艶《ようえん》さがあった。コートを脱ぎ、同じ室内にいると、ぷんと甘い匂いがした。就職してからずっと女日照りだった速人にとって、美女と密室で二人きりでいることは、冷静でいられないだけの充分な理由になった。

速人はお湯を沸かす時間で落ち着きを取り戻そうとした。湯呑み代わりのマグカップにお茶を入れ、改めて栗栖のいる部屋へと向かう。

彼が戻ったとき、栗栖はリビングからの眺望を確かめていた。

「熱いお茶です。ひと息入れてください」

「まあ、すみません。じゃあ、いただこうかしら」

彼女は言いながら窓を閉める。速人は小さなガラステーブルにマグカップを置き、来客にソファーを勧めた。

「お若いのによく気がつかれるんですね」

栗栖はソファーの端に寄って腰掛ける。彼の座る場所を空けたのだろう。だが、ソファーは二人がギリギリ座れる大きさしかない。結局、速人は遠慮してラグマットを敷いたテーブル横の地べたに胡座《あぐら》をかいた。

さほど広くもない室内は、エアコンのヒーターで暖まっていた。南向きの窓から日が差し込み、周辺も静かとあって、いかにものどかな冬の午後だった。

栗栖はお茶をひと口啜《すす》るなり、早速本題に入った。

「このままでは経営が成り立たないでしょうね」

「は……？」

思わず速人はお茶を噴きこぼしそうになる。いきなり何ということを言い出すのだ。だが、アドバイザーの表情は冗談を言っているようには見えなかった。

「内装や設備の細かい部分は、直せば済みます。ですが、問題はもっと根本的なところにあります」

「それはどういった意味で――」

「田川様、失礼を承知で伺いますが、こちらの物件はお父様から譲り受けられたものですか？」

「いいえ……いや、まあ伯父からですけど」

「やはりそうでしたか」

「あの、それが何か？」

不動産のプロを称する女から遠慮なく言われ、素人の速人は次第に不安になってくる。

栗栖はマグカップをテーブルに置き、身を乗り出して続けた。

「この辺りの賃貸アパートの相場はご存じでしょうか」

「ええ、まあ」

彼女が動いたために、花のような甘い香りが一層強く匂った。

「なら、近年下落傾向にあることもご存じでいらっしゃる。申し上げたいのは、改装にかかった初期投資に対して、利益率があまりに低くなることが予想されることです。

また、賃貸物件には空き室のリスクもあります。そして、その間にもオーナー様には修繕費や固定資産税といった支出が避けられないのです」

つらつらと脅し文句を並べられ、しまいに速人は不安を通り越して、思考が働かなくなっていく。

「不動産経営は投資とリターン、すなわちファイナンシャルプランが欠かせないのです」

地べたに座る速人の目線に映るのは、タイトスカートから伸びる栗栖のストッキング脚であった。普段歩き回っているせいだろう、彼女の足首はキュッと締まり、反対に太腿にはむっちりと肉がついていた。

「――田川様。田川さん、聞いていらっしゃいますか」

「え……？　あ、ええ。はい」

ついボンヤリしてしまったようだ。速人は頭をスッキリさせようと、冷めかけたお茶をぐいっと飲み干す。

すると、栗栖は言った。

「いろいろと申し上げましたが、これだけはハッキリ言えます。あたしなら、こちらのアパートを稼げる物件にできます」

彼女は自信たっぷりだった。速人としても、会社を辞めてまで始めた一世一代の決意である。最初から失敗はしたくなかった。

「南さん、どうすればその稼げるアパートにできますか」

藁《わら》にも縋《すが》る思いだった。いずれにせよ仲介業者には頼るつもりだったのだ。その相手が栗栖でいけない理由はない。

その感情の揺れ動きは、栗栖にも伝わったようだった。若いオーナーの心を摑《つか》んだと確信した彼女は、速人の方へ身を寄せると、前屈みに手を伸ばし、いきなりズボンの股間辺りをさわさわと撫で回してきた。

驚いたのは速人だ。

「あっ……南さん!?」

女の細い指はしなやかに股間の肉塊をまさぐってくる。自ずと顔も近づき、体温まで伝わってくるようだ。

栗栖の目が熱っぽく潤《うる》む。彼女は速人の耳元に唇を寄せて、吐息混じりに囁きかけてきた。

「ここから先は企業秘密よ。正式なビジネスパートナーになってからじゃないと教えられないわ」

「うう……」

ただでさえ女日照りの速人であった。年上の美しい女に股間をまさぐられ、みるみるうちに陰茎が充血してゆく。

「もうこんなに硬くなってる」

栗栖の唇が耳たぶに触《ふ》れるように語りかけてくる。スカートの奥はどんな風になっているのだろう。

「み、南さん。俺――」

「ほら、こっち来て」

ふいに手遊びを止めた栗栖は立ち上がり、彼の手を引いてベッドへと誘う。

突然飛び込みで営業をかけてきた女が、密室で卑猥《ひわい》な行為を仕掛けてきたのだ。とても現実のこととは信じられないが、このとき速人は情欲に目が眩《くら》み、事の不自然さには気が回らなかった。むしろモデルルームにベッドを用意しておいて良かったなどと考えているほどだった。

「こんな邪魔なもの、脱いじゃいなさいよ」

栗栖は彼の上着を剝《は》ぎ取《と》り、ベッドに横たわらせる。そして彼女自身もブラウスとスカートを脱いで、ブラジャーも外してしまった。

「ああ……」

目の前に半裸の女が立っている。速人の目は釘付けだった。

栗栖は男の熱い視線を意識し、たわわな乳房を誇らしげに見せつけてくる。

「見て。あたしもこんなに興奮しているのよ」

重たげに揺れる二つの膨《ふく》らみ。乳首がピンと勃《た》っていた。

やがて彼女の手が速人のズボンにかかる。

「あたしね、男性と仕事をするときは、必ずセックスすることにしているの」

「ハアッ、ハアッ」

この世にそんな女が存在するのか。興奮に息を荒らげる速人は混乱していた。夢ならば醒《さ》めないでくれ——家具を並べただけの無機質だったモデルルームが、生々しい男女の欲望で命が吹き込まれていくようだった。

栗栖はトップレス姿でベッドに上がり、速人の下半身を剝《む》き出《だ》しにする。

「すごいわ。ビンビンじゃない」

まろび出た肉棒はそそり立ち、竿肌に青筋を浮かべていた。

女は美しい顔を近づけて、男根をまじまじと見つめる。

「男の匂いがムンムンする。溜まっているのね」

「そんな近くで……お風呂入ってないから」

美女に淫臭《いんしゅう》を嗅がれ、速人は羞恥に身をすくめる。

栗栖は青年のウブな反応に笑みを浮かべた。

「うふ。もしかして、こういうの久しぶりかしら」

彼女は言うと、三本指で太竿をかるく扱《しご》いてみせる。

速人の身体がビクンと震えた。

「はうっ……。そんなことされたら——」

「そう言えば、まだ田川さんの下の名前を聞いていなかったわ」

「は、速人……。うはあっ」

「ふうん、速人くんっていうんだ。あ、先っぽからおつゆが出てる」

栗栖はからかうように指先で鈴割れを弄《いじ》ってみせる。

「ううっ、そこは——マズイよ、南さん」

「イヤよ。栗栖って呼んでくれなきゃ」

言うと彼女はふくれっ面《つら》をして、陰茎をきつく握って扱きだす。

速人はたまらず仰《の》け反《ぞ》った。

「おうっ……栗栖――さん」

「そう。それでいいのよ」

彼女は男の喜ぶツボを心得ているようで、速人はされるがままだった。女性専用アパートの大家になり、できることなら女に囲まれて暮らしていきたい。青年の素朴な夢は意外な形から実現の一歩を踏み出していく。

「本当を言うとね、あたしも久しぶりなの」

このとき栗栖はまだパンストを穿《は》いたままだった。まずは手淫でかるく弄《もてあそ》ぶのに飽きると、彼女は起き上がり、彼の腰の上に跨がってくる。

「気持ちいいことしてあげる」

彼女は言うと、パンスト尻でペニスを押し潰すように乗っかってきた。

苦しみと愉悦が同時に速人を襲う。

「うぐっ……チ×ポが」

「速人くん、とってもいやらしい顔しているわ」

苦痛に歪《ゆが》む男の顔が、栗栖を興奮させるようだった。彼女はジッと速人の表情を見つめながら、パンスト尻を前後に揺らし、裏筋を刺激してくる。

「あんっ。鉄の棒みたいに硬くなってる」

「ハアッ、ハアッ。うあぁ……」

「速人のオチ×チンが当たってるわ……」

「ふうっ、ふうっ」

たっぷりとした尻が肉棒を捕らえて離さない。パンストのツルツルした生地に擦《こす》りつけられ、今にも爆発しそうだった。

見上げると、視界のほとんどが、美女のナマの乳房に覆われている。

「どう？　気持ちいいでしょ」

「う、うん……はううっ」

「ああん、あたしも熱くなってきちゃった」

栗栖の目が物欲しげに見つめている。速人もこれ以上嬲《なぶ》られていたら、暴発してしまいそうだった。

「栗栖さん――」

「ん？　どうしたの」

「俺も……したい」

「どうしたいの。言って」

「栗栖さんの……オマ×コの匂いが嗅ぎたい」

欲望を隠そうともしない栗栖に影響され、速人も素直に願望を口にしていた。

「いいわ。速人くんの好きにして」

「栗栖さんっ」

速人はやおら起き上がり、栗栖を仰向《あおむ》けに押し倒す。

彼女は、その荒々しい男の行為を歓迎した。

「ああん、速人くんったら激しいのね」

「栗栖さんがエロ過ぎるからいけないんだ」

彼は口走ると、彼女の股を開かせ、パンストの股間に顔を突っ込んだ。

ツルツルした化繊《かせん》に鼻面を埋め、布越しに牝臭《めすしゅう》を胸一杯に吸い込む。一日活動した女の生々しい匂い。一度はやってみたかったが、これまで実行する機会がなかった行為だ。

「すうーっ、はあっ。すううーっ」

そして栗栖もまた男の変態行為に興奮しているようだった。

「ああっ、汚いのに——あなたってスケベなのね」

「汚くなんか……ああ、いい匂いだ」

「あん、速人くんの熱い息がかかってる」

「栗栖さんこそ。いやらしい匂いがどんどん濃くなってくる」

速人は女の太腿《ふともも》を抱え込み、無我夢中で匂いを嗅ぎ回す。パンティーがじっとりと濡れている感触まで伝わってくるようだ。

「すうっ、はあっ。すうっ、はあっ」

「あっ、あんっ。んんっ」

いつまでもこうしていたい。速人は牝臭に酔い痴れるが、やがて栗栖が痺《しび》れを切らせてしまう。

「今度はあたしにもさせて」

彼女に股間から引き離され、速人はすこしガッカリする。だが、その後にはまた天国が待っていた。

「仰向けに寝てちょうだい」

栗栖は言うと、ついにパンストを脱いだ。

「もうこんなに濡れちゃって、気持ち悪いわ」

そうしてパンティーも足首から抜きとり、一糸まとわぬ姿となった。艶《つや》やかな陰毛が股間に貼り付いている。

一部始終を速人は首をもたげて眺めていた。だが、彼女はいったい何を？

　すると、栗栖は彼の足下に尻を据え、片方の脚を肉棒へ伸ばしてきた。

「オチ×チン、もっと気持ちよくしてあげる」

　そう言って、足裏で肉竿を踏みつけてきたのだ。

　速人は身悶える。

「うぐっ……栗栖さん――」

「女の子に足でこんなことされてどう？」

　栗栖は足の親指と人差し指の間に陰茎を挟み、からかうように訊ねる。

「どう、って。ハアッ、ハアッ」

「気持ちよさそう。速人くんって変態なのね」

「そ、そんなことは……」

「そう？　なら、こんなことしたら――」

　彼女は言うと、今度は両方の足裏を使って太茎を押さえつけてくる。そのせいでガニ股ぎみになり、速人の視線の先にパックリ開いた女性器が見えた。

　割れ目はよだれを垂《た》らすように、ヌラヌラと濡れ光っていた。

「ハアッ、ハアッ」

「怖い目をして。あたしのオマ×コを見ているのね」

足コキしながら栗栖は言葉でも責め立てる。

女から足蹴にされ、速人は羞恥に身を焦《こ》がしつつも、ペニスを揉《も》みくちゃにされる悦びに浸《ひた》っていた。

「栗栖さんのオマ×コ——ハアッ、ハアッ。いやらしい」

「あんっ。速人のオチ×チン踏んでいたら、あたしも感じてきちゃった」

「食べてしまいたい」

「何を」

「オマ×コ。栗栖さんのスケべなオマ×コ」

普段なら口にできないような欲求も、興奮の最中では素直に言えた。

栗栖も青年のストレートな願いを聞いて、思わず笑みを浮かべる。

「あなたって思っていたよりエッチなのね。いいわ、お互い舐《な》めっこしましょう」

彼女は言うと腰を上げて、反対向きで跨がってくる。

すると、速人の目の前に白い尻が現れた。ぷりんとした尻は染みひとつなく、切れ込んだ谷底にアヌスが静かに息づいている。

眼下では、栗栖が勃起《ぼっき》した逸物《いちもつ》を咥《くわ》えようとしていた。

「反《そ》り返《かえ》って、先っぽまでビンビン。若いのね」

「栗栖さんこそ、ヌルヌルしていて――うはあっ」

言い返そうとした途端、速人の股間に悦楽が走った。栗栖が肉茎にしゃぶりついたのだ。

「じゅぷっ、ん。おいひ――」

のっけから根元までしゃぶりつくフェラだった。

たまらず速人も花弁に顔を埋める。

「ぶしゅるるるっ、じゅぱっ。栗栖さんの」

「速人くんのオチ×チンから、美味《おい》しいおつゆがいっぱい出てきたわ」

「はううっ。そんなに吸ったら……ハアッ、ハアッ」

吸い込みは激しく、肉棒は盛んに先走り汁を吐いた。

速人は快楽のお返しに、舌を尖らせて濡れそぼる蜜壺に突き刺した。

「じゅるっ、びじゅるるっ」

「んはあっ、イイッ」

すると、栗栖もたまらず身体をぶるんと震わせる。

「ちゅぱっ、ちゅぱっ」

「レロッ、んばっ」

それは慰め合うというより、貪《むさぼ》り合うといったほうが近かった。二人は互いに性器の匂いに埋もれ、全てを奪いつくさんとばかりに舌を這《は》わせるのだ。

だが、若い分だけ速人の方が堪《こら》え性《しよう》がない。口舌奉仕で充分欲情した肉棒は、媚肉《びにく》に包まれることを望んでいた。

「栗栖さん、俺もう我慢できないよ」

「ん？　もう？　我慢できないの？」

「ハアッ、ハアッ。うん。だって」

「オチ×チン、あたしのオマ×コに挿《い》れたい？」

年上女の言葉はいちいち股間に響いた。向こうもわかっていて挑発しているのだ。

速人は顔中を牝汁《めじる》でベトベトにして言った。

「オマ×コ欲しいよ」

「いいわ。いらっしゃい――」

栗栖は言うと上から退《ど》き、ごろんと仰向けに寝た。

その上に速人が覆《おお》い被《かぶ》さる。

「ああ、こんなの久しぶりだ。ヌルヌルのオマ×コが」

ベッドに身を投げ出した栗栖は妖艶だった。

速人はゴクリと生唾《なまつば》を飲み、勃起した肉棒を花弁へとあてがう。

「おうっ。触れただけで——」

「あっ。硬いのちょうだい」

すると栗栖は声をあげ、手を伸ばして竿をたぐり寄せるようにした。

たまらず速人は腰を突き出し、根元まで挿入する。

「うああっ、栗栖さんっ」

「あんっ、入ってきた……」

太竿はぬぷりと音を立てて、蜜壺深くへと収まっていた。栗栖の顔は悦びに輝き、男の侵入を迎え入れる。

女の温もりに包まれた速人は幸せだった。

「栗栖さんの中、あったかくて気持ちいいよ」

「あたしも。速人くんでパンパンになっちゃったみたい」

語りかける男の顔を栗栖は両手で挟み、艶やかに微笑《ほほえ》む。

半開きの濡れた唇が劣情をそそった。

「栗栖さんっ」

速人は前屈みになり、栗栖の口中を舌で蹂躙《じゅうりん》する。

「ふぁう……レロ……」

「んふぁ……ちゅばっ」

即座に女は反応し、自分から舌を絡《から》ませてくる。

ねっとりとした唾液《だえき》の交換が始まった。

「れろちゅばっ、んふぁ」

「あっふ……んん」

「栗栖さん――」

女の舌は熱く、ぬらついていた。速人は無我夢中でそれを吸い、舌を伸ばしてさらに顎の裏まで舐め回す。

かたや栗栖も呼吸を荒らげていた。

「んはあっ、んっ……ちゅばっ。速人くんのキス、エッチね」

「栗栖さんこそ」

「なんか食べられてしまいそうな――んふうっ。速人くんに食べられたいわ」

彼女は言うと、燃え盛った肉体を揺らしてきた。

絶妙な摩擦《まさつ》が肉棒を襲う。

「んほぉっ、くっ、栗栖さん……」

「んああっ、イイッ。好き、これ」

愉悦が呼び水となり、彼女はさらに激しく腰を突き上げてきた。

「あはあっ、イイーッ」

こうなると速人もジッとしてはいられない。両手で女の脇腹を捕まえ、改めて抽送《ちゅうそう》を繰り出していった。

「ハアッ、ハアッ。栗栖さん」

「あんっ、ああっ。いいわ」

「うはあっ、気持ちよすぎる」

媚肉の感触は悩ましく、激しい悦楽が全身を突き抜けていく。膣壁の微細《びさい》な凹凸《おうとつ》が竿肌を舐め、雁首《かりくび》を撫でて劣情を呼び覚ました。

「ハアッ、ハアッ、ハアッ」

速人の視野は狭《せば》まり、眼下の身悶える女しか見えなくなっていた。こんな美しい生き物が突然訪ねてきて、およそ男が望むであろうことを叶《かな》えてくれている。夢なら醒めないでほしかった。

「んああっ、イイッ。あふうっ」

だが、夢ではなかった。男に組み伏せられ、熱い息を吐いている栗栖は現実の存在であった。目を潤ませ、顔にはウットリとした表情を浮かべて、股間に怒張を受け入れている妙齢の美女は、熟《う》れた肉体を誇らしげに揺さぶっていた。

「ああん、ステキ。もっときて」

栗栖は言うと、辛抱たまらなくなったように彼を引き寄せる。

「きれいだ、栗栖さん――」

官能に溺れる速人は導かれるまま、身を伏せてまた女の唇を貪る。そうして上下の口を塞《ふさ》ぐと、激しく腰を突き入れるのだった。

「んふうっ、ふうっ、ふうっ」

「んぐぅ……んっ、んんっ」

陰茎はこれ以上ないほど張り詰め、膣口を広げていた。見え隠れする竿肌は牝汁で濡れ光り、伸び縮みする花弁が咥え込んでいる。

「ぷはあっ……ハアッ、ハアッ」

やがて息が続かなくなり、速人は再び起き上がって腰を振った。

すると栗栖はさらに身悶え、大きな声をあげた。

「あっふ……イイーッ、感じちゃう」

そして下から腰を突き上げてくる。

「いいの。もっと。んああっ」

「はうっ……栗栖さんっ」

カウンターは強烈だった。蜜壺の締まりも増したように感じられ、思わず速人の抽送が一瞬止まったほどである。

「ああっ、あたしもう、たまらないわ。速人くんっ」

甘えるような声を出し、潤んだ瞳で訴えかけてきたのだ。

女の媚態は速人の牡《おす》の部分を刺激した。

「栗栖さぁんっ」

気付けば本能的に腰が動いていた。無茶苦茶に掻《か》き回し、果てたい。欲望だけが彼を突き動かしていた。

「ハアッ、ハアッ、ハアッ」

両手を床につき、無我夢中で肉棒を突き入れる。

栗栖も浅い息を吐き、悦楽に身を焦がしていた。

「あっひ……ダメ。感じちゃう」

「俺も――ううっ、もう我慢できそうにない」

玉の裏から射精感が突き上げてくる。媚肉のぬめりが解放の悦びを盛んに促《うなが》してくるのだ。

すると、栗栖が喘《あえ》ぎながら言った。

「ピルを飲んでいるから……中でいいよ」

「——え……!?」

速人は言葉の意味が一瞬わからなかった。彼女は繰り返した。

「中で出していいんだよ」

「本当に？」

男にとって、なんと甘美な響きだろうか。速人は全てが許されたような気がした。

そして愉悦はすでに大波となって押し寄せていたのである。

「ああっ、もうダメだ……」

「あんっ、ああっ、きて」

喘ぐ栗栖は女神であった。白い肌に汗を浮かべ、柔らかな肉で硬い男の情念を解きほぐしていく。

速人はもはや限界だった。

「うはあっ、出るうっ！」

「あっひ……きた——」

宣言から射精まであまりに短く、挑発した栗栖も意外なようだった。それでも悦びに顔を輝かせ、媚肉で男の祝祭を受け入れたのだった。

「んああっ、イイ……」

「あああ……」

一方、速人は快楽の凄まじさに魂が抜けたようだった。肉の交わりは長かったようにも思うものの、あっという間だった気もする。

「イッちゃった？」

栗栖から声をかけられ、ようやく速人も我に返り、慎重に肉棒を引き抜く。

「うん……。おうっ」

「あんっ」

興奮冷めやらぬペニスはいきり立ったままで、白い雫《しずく》を垂らしていた。かたや媚肉もぽっかり口を開け、白濁液《はくだくえき》を噴きこぼしているのだった。

短い冬の陽光は傾きかけていた。窓ガラスを一枚隔《へだ》て、外では寒々しい木枯らしが吹いているが、狭い室内は男女ふたりの体温で暖かい。

久しぶりの肉交に速人は満足していた。改装したアパートに突如現れた、不動産アドバイザーを名乗る一人の女。売り込みは強引で、まだ信用していいものか迷いもある。しかし、女としての栗栖は魅惑的だった。のちに彼より五歳年上の三十歳と判明したが、ことベッドでの振る舞いは、年齢差以上に経験のちがいを感じさせるものだった。

「この部屋、断熱性はしっかりしてるみたいね。暑くなってきちゃった」

しどけなくベッドに横たわる栗栖が問わず語りに言い出す。

速人もようやくひと息ついたところだった。射精し、スッキリしたのもあって、セックスする前の本題に戻る。

「ところで、さっき言っていたアイデアのことだけど――」

あえて仰向けのまま言ったのは、邪念を払うためだった。すぐ脇に全裸の美女がいることを意識してしまうと、まともに会話し続ける自信がなかったからだ。

ところが、事は彼の思い通りにはいかなかった。

「ちょっと待ってよ」

栗栖は言うと、片肘を立て、彼の方に身を乗り出してきた。そして鈍重にうずくまっていたペニスを空いた手で捕まえてきたのである。

「はうっ……」

思わず速人は呻《うめ》き声を上げる。

一方、栗栖はゆっくりと肉棒を扱いてきた。

「まだダメよ。だって、あたしまだイッてないもの」

「うう、ふうっ」

言われてみれば確かにそうだ。先ほどの肉交で満足したのは速人だけであり、彼女に絶頂した様子は見られなかった。

栗栖は彼の顔を覗き込むようにして言った。

「若いんだもの、まだできるでしょう？」

その間も、柔らかい手淫は続いていた。

「う……うん、まあ」

「速人くんも、あたしをイカせたいでしょ」

「もちろん――おうっ」

「ほらあ、オチ×チンも『ヒィヒィ言わせてやるぞ』って言ってるわ」

耳元で挑発的な言葉を浴びせられ、巧みな手さばきで扱かれるうち、肉棒はムクムクと鎌首《かまくび》をもたげてくる。

「栗栖さんっ」

たまらず速人は彼女の懐《ふところ》に潜り込み、両手で乳房を揉みしだきながら、愛らしい乳首にむしゃぶりついた。

「むふうっ、ふうっ。ちゅばっ」

栗栖は男の劣情を喜び、彼の頭をかき抱いて言った。

「ああん、やっぱり。速人くんも好きね」

「だって、こんな風に誘惑されたら誰だって——」

「あら、じゃあ速人くんは誰だってよかったって言っているの？　憎たらしいわ」

彼女は言うと、お仕置きとばかりに肉棒をきつく握ってくる。

「うはあっ、ちょっ……」

たまらないのは速人だ。力任せの愛撫に思わず腰が引けそうになる。

だが、栗栖は逃がさなかった。

「あーん、速人くんってば、いい顔してるわ」

「ハアッ、ハアッ。だって……うぐうっ」

身を強《こわ》ばらせる速人を目にして、彼女も溜飲《りゅういん》を下げたようだった。ふいに握る力を緩めると、

「冗談よ。でも、満足させてほしいのは事実だわ」

と悪戯《いたずら》を詫びるように頬《ほお》へキスしてきたのだ。

速人はすっかり年上女の手管に翻弄《ほんろう》されていた。お仕置きとご褒美を交互に与えられ、めくるめく官能の渦に引き込まれていった。

「ハアッ、ハアッ。栗栖さん、俺――」

「うん。オチ×チンもカチカチになってきたみたい」

栗栖は相当な好き者だった。ただでさえ男好きのするルックスをしている上に、男を喜ばせるテクニックもあるとなれば、大抵の男は籠絡《ろうらく》されてしまうだろう。

速人もその例に漏《も》れなかった。

「ううっ……栗栖さん」

「する？」

栗栖は妖艶に微笑みかけながら言った。ペニスは握ったままだった。

「う、うん。じゃあ――」

これ以上扱かれていたら、果ててしまうかもしれない。速人は逃れるように身体を起こそうとする。

だが、栗栖は言った。

「ねえ、今度は後ろからちょうだい」

「後ろから――」

バックのことだ。もちろん速人にも意味はわかる。

その間にも、栗栖はベッドに四つん這いになっていた。

「ほら、ここよ。きて」

「う、うん……」

実を言うと、彼は後背位でしたことがなかった。数少ない過去の経験でも、ほとんどが正常位か、それに近い体位だったのだ。

だが、今目の前には四つん這いになった女がいる。悩ましく腰をくねらせ、開いた尻の割れ目からはアヌスまでが丸見えだった。

「ゴクリ――」

濡れそぼった淫裂を見つめ、思わず生唾を飲む。本能からなる欲望が、青年の怖れをなぎ払っていた。勃起した肉棒はぬめりを欲していた。

「いくよ」

彼は言うと、膝立ちになり、女の尻ににじり寄っていく。

「早くぅ」

かたやで栗栖は、すでに男を迎える準備ができていた。

速人は女のふくよかな尻肉をわし摑み、両手で白い尻たぼを撫で回す。

「スベスベで、すごくきれいだ」

「あん。いやらしい触り方するのね。中年のオジサンみたい」

「オッサン扱いとはひどいな」

「ううん、ちがうわ。上手だ、って褒《ほ》めているのよ」

「じゃあ、挿れるね」

ちょっとしたやりとりの後、彼は慎重に花弁へと狙いを定める。

張り詰めた亀頭が媚肉に触れた。

「おうっ」

「ああん」

それだけで二人とも感じてしまう。散々互いに愛撫し、劣情は昂りきっているのだ。

性感帯は異常に敏感になっていた。

やがて速人は腰を前に進めていく。

「ぬおっ……」

太茎が膣道を広げ、侵入していくのがわかる。

まもなく肉棒は根元まで完全に埋まっていた。

「あはあっ、入ってくる――」

四つん這いの栗栖はわずかに首をもたげ、男で満たされた悦びを声にした。

ところが、速人は肉棒を突き入れたまま動けない。

「ふうっ、ふうっ」

ジッとしているだけでも、膣壁が太竿をいやらしく舐めてくるのだ。溢《あふ》れるぬめりも濃く、すこし動いただけでも果ててしまいそうだった。

しかし、それで栗栖は満足しない。

「速人くんの大きいので、あたしのオマ×コを掻き回して」

そう言って淫《みだ》らにおねだりしながらも、自ら尻を揺さぶってきたのだ。

「んああっ、イイッ。これが欲しかったの」

「ぬあっ……くっ、栗栖さんっ」

ふいをつかれた速人はたまらない。衝撃が全身を貫《つらぬ》き、快感で背骨が蕩《とろ》けてぐにゃぐにゃに崩れてしまいそうな感覚に襲われた。

一方、火のついた栗栖は止まらない。

「んああっ、あふうっ。ねえ、速人くんも突いて」

尻で上下に揺さぶりをかけ、ペニスを翻弄する。くびれた腰が妖艶に踊り、女らしい撫で肩で喘いでいるのがわかった。

女の深い劣情に速人も発憤《はっぷん》する。

「つく……。ぬおぉっ――」

支え持った尻を支点にし、抽送を繰り出していく。

とたんに栗栖は嬌声を上げた。

「あひいっ、いいわ。もっと、きて」

「ハアッ、ハアッ」

「あんっ、あっ……イイッ」

盛んに喘ぎ声を発し、快楽に身を委《ゆだ》ねていた。抽送は速人に任せ、穿《うが》つ男の硬直に意識を集中するがごとく、妙齢美女はベッドについた四肢をグッと踏ん張っている。

蜜壺の中で肉棒は躍動し、互いの愛液をかき混ぜる。

「ハアッ、ハアッ、ハアッ」

「あっふ――んああっ、奥に当たる」

「俺も……ううっ、栗栖さんの締まる」

「速人くんも気持ちいい？」

「うん、すごく――はううっ」

速人は腰を振りながら、間欠的に襲ってくる締め付けに脂汗《あぶらあせ》を滲《にじ》ませた。

「うはあっ、すごい――」

まるで媚肉が別の意思を持って蠢《うごめ》いているかのようだ。快感は電動オナホールの比ではない。生の粘膜の感触はもちろんのこと、締まるタイミングにも揺らぎがあり、機械では決して出せない悦楽を生み出すのだった。

速人は頭が真っ白になり、欲望に任せて滅茶苦茶に腰を振った。

「うあああっ」

「んはあっ、ああっ、ダメえええっ」

これには栗栖も不意をつかれたようだった。たまらず肘を折り、頭を垂れて苦しそうな息を吐いている。

「あんっ、イイッ、あああっ、感じるぅ」

後ろから犯され、悶える栗栖は美しかった。重ねた経験からおのれの欲望を熟知《じゅくち》し、媚態で男とともに絶頂へと昇ってゆくさまは、年下の若い女には決して出せない艶やかさがある。

速人も懸命に腰を振り、彼女の期待に応えようとした。

「ハアッ、ハアッ、ハアッ、ハアッ」

まなじりを決し、怒張を抉《えぐ》り込む。腰を穿ったたび、彼女の尻と下腹《したばら》がぶつかって、ペタンペタンと肉を叩く音がした。

「あっふ、いいわ。速人くん、男らしいわ」

栗栖は喘ぎつつ、褒めて男を煽《あお》り立てる。

肉棒は蜜壺の中で盛んに先走り汁を吐いた。

「ハアッ、ハアッ。ああ、栗栖さん……」

このまま果ててしまいたい。牡の欲望は単純だ。しかし、女の抱く欲求はもっと複雑だった。

「あんっ……ねえ、あたしイキそうなんだけど」

「ううっ、俺も――」

てっきりこのまま絶頂を迎えるのかと思った。

ところが、彼女は言ったのだ。

「最後は、あたしが上になりたいわ」

さらに体位を変えて交わりたいらしい。その体力と持久力は、外回りの仕事が培《つちか》ったものだろうか。だがそれ以上に、彼女のセックスに対する真摯《しんし》さが窺《うかが》われた。決しておざなりには済ませない、という哲学のようなものが感じられる。

経験の浅い速人にもそれは伝わった。

「うん、わかったよ」

彼は言うと、別れを惜しみつつ肉棒を引き抜いた。

「おうっ……」

「あんっ……」

結合を解いた瞬間には、思わず二人とも声が出た。

そして速人が仰向けになり、栗栖がその上に跨がる。

「持久力もあるのね。まだこんなにビンビン」

彼女は逆手《さかて》に肉棒を持ち、自らの股間へと導いていく。

汗ばんだ髪が首筋に貼り付いた、淫らな女の顔。見上げる速人はそれを美しいと思った。

「ん――」

栗栖がゆっくりと腰を沈めていく。

まもなく亀頭が花弁に包まれていった。

「おおっ」

「んあっ」

一度外気に触れたせいだろうか、再挿入は意外なほどの悦楽を催した。

「ああっ、入っちゃった」

気付くと、栗栖は尻を据えていた。濡れそぼる蜜壺は、太茎をみっちりと咥え込んでいる。

彼女はウットリとした表情で速人を見下ろしていた。

「動かしてもいい？」

伺いを立てるようなことを言いながら、返事を聞く前に尻を揺さぶり始める。

たまらず速人は呻き声を上げる。

「ぬふうっ……っく。も、もちろん」

「ああん、ステキ」

栗栖は身体を立て、膝のクッションで上下した。最初のうちは大きくゆったりとした波だった。

「ああっ、あんっ。んふうっ」

「ハアッ、ハアッ。おお……」

「こうすると中で——あんっ、カリが引っ掛かるの」

「ぐふうっ。わかるよ……」

「どうなの。速人くんは、どこが感じるの」

「俺は――ふうっ。チ、チ×ポが……」

肉棒はとっくに射精感を訴えている。速人は問いかけに答えつつも、全神経は逸物に集中しており、頭の中は真っ白だった。

だが、それこそ栗栖の望むところだったようだ。

「あんっ、速人くんったらエッチな顔してる」

「ふうっ、ふうっ」

「んっ。あたしも感じてきちゃった――」

そう言うと、彼女は身を伏せてきた。

「いっぱい気持ちよくなりましょうね」

「う、うん」

身体が密着し、柔らかな乳房が押しつけられる。速人は彼女の背中に腕を回し、しっかりと抱き留めた。

栗栖は媚肉を擦りつけるようにして腰を動かした。

「んああっ、あふうっ。イイッ」

「ぬああっ、オマ×コがグチョグチョだ」

「グチョグチョなの。んあああ、イきそう……！」

「ああっ、お、俺も出るよっ――」

「ああん、ダメ。一緒にイこう」

言うと彼女は一層激しく尻を揺さぶってきた。

「あんっ、あんっ、ああっ、もうイクうっ」

「ハアッ、ハアッ、ハアッ。うあぁ」

締め付けはだんだんきつくなっていくようだった。愉悦の波が速人に覆い被さってくる。

かたや栗栖も呼吸が苦しそうだった。

「あっ、あっ、イイッ……ダメ、イッちゃう」

「あああっ、出るよっ、俺――もう出ちゃうよ」

「イッて。あたしも――んああーっ、イイイーッ」

最後の方は、速く小刻みな蠕動《ぜんどう》になっていた。

「イイッ、イクッ、イッちゃう――イイイーッ！」

ついに栗栖が絶頂を迎えた。嬌声を発し、彼にしがみつきながら、愉悦のひとしずくまで搾《しぼ》り取ろうとする。

速人も限界だった。

「うはあっ、出るうううっ！」

二回目とは思えないほど大量の白濁が、子宮へと注《そそ》ぎ込まれる。

栗栖はそれを蜜壺で全部受け止めた。

「んああっ、イイ……」

そして徐々にグラインドを収めていき、淫らな交わりはフィニッシュを迎えた。

「ハアッ、ハアッ、ハアッ、ハアッ」

「ひいっ、ふうっ、ひいっ、ふうっ」

しばらくは二人とも身動きすらできなかった。ことに栗栖は彼の上に乗ったまま、無意識のうちに腰をヒクつかせている。

やっと彼女が退いたのは、たっぷり数分経った後のことだった。

「んああっ……」

「ううっ……」

栗栖が腰を上げると、割れ目からとぷとぷと白濁があふれ出た。それだけたくさん出たのだ。欲悦の跡は内腿を伝い、シーツにもたっぷりとこぼれてしまう。

「すごく良かったわ」

事後の余韻を味わうように、栗栖はぐったりと横たわったまま言った。

「俺も。二回も連続でイッたの、久しぶりだよ」

「合格よ」

「え？」

突然言われた速人は聞き返す。栗栖は言った。

「あなたとなら、ビジネスパートナーとしてやっていけると思うわ」

「ああ……」

快楽に溺れていた速人は、ようやく本来の目的を思い出す。

「これはあたしの持論なんだけどね、セックスに貪欲じゃない男はビジネスでも論外なの。動物としての生命力の問題ね。その点、速人くんは合格だってこと。充分スケべだしね」

「うん、わかる気もする」

「それと、肉体の相性。パートナーになるからには必要なことだわ。あなたとなら信頼関係が築けそうよ」

速人は聞きながら、おかしな考え方だとも思うが、栗栖のようないい女にセックスを褒められて悪い気はしなかった。

それからようやく栗栖はアパート経営のアイデアを語り出した。通常、賃貸アパートと言えば、二年契約で家賃は月払いというのが常識だ。しかし彼女の提案は、「月単位でも、週単位でも、さらには一日だけでも借りられる」アパートにするということだった。

「これなら多額の初期費用もいらないし、助かる女性は大勢いるはずよ」

あまりに突飛な提案に、当初速人は驚いた。そんなことで成り立つのだろうか。大家として当然の疑問を抱くが、栗栖は自信満々だった。

「潜在需要はかなりあるの。絶対上手くいくわ」

「じゃあ、お願いしようかな」

速人も話を聞くうち納得し、彼女と手を組むことに決めた。面倒な契約関係などは栗栖が担当し、営業面でもバックアップしてくれるという。

「よかった。なら改めてよろしくね」

「こちらこそ」

こうして栗栖とのパートナーシップが結ばれたのだった。

第二章　逃げてきた女

栗栖と手を組むことで、速人はようやく本格的にアパート経営に乗り出すことが可能となった。

しかし、実際にはまだやるべきことがあった。各部屋にモデルルームにあるような必要最低限の家具家電を導入することだった。これは栗栖の助言によるものだが、一日単位の借り手ともなると、様々な事情を抱えた女性であることが予想されるからだ。

同じ理由から、住人募集の方法も独特にならざるを得ない。賃貸情報サイトなどには掲載せず、一部のSNSで募集するほかは、栗栖の伝手《つて》のみで営業していくしかなかった。

「最初のうちは苦しいかもしれないけど、ある程度借り手が付けば、あとは口コミで広がるから大丈夫よ」

不安を抱えるオーナーに対し、栗栖は力強く励ましてくれた。いったん彼女を信じたからには突き進むしかない。速人は自分に言い聞かせるが、家具家電の導入で伯父が遺してくれた運転資金はほぼ底をついていた。もし、このまま借り手が現れなければ、早晩アパートを売り払わなければならなくなるだろう。

そうして栗栖が営業を始めて数日後。速人が自室で眠っていると、深夜にインターホンの音が部屋に鳴り響いたのだ。

「誰だよ、こんな時間に」

寝ぼけ眼《まなこ》を擦りながら玄関モニターをチェックする。女だった。四十路にいくかいかないかくらいの熟れごろの女で、心配そうな表情で辺りを警戒しているようだった。

速人はドアを開けた。

「はい。どちら様でしょうか」

「すみません。こちらで部屋をお借りできると拝見したのですが」

どうやらSNSに載せた募集を見て訪ねてきたらしい。年の頃は三十代後半、あるいは四十歳くらいだろうか。ダウンコートを羽織っているが、メイクは薄く、足下はサンダル履《ば》きで、ちょっと近所のコンビニにでも行くような、どこかちぐはぐな印象を受けた。

だが、メゾン・コンソラシオンにとっては初めての客だ。とたんに速人の目は冴えてきた。

「寒いですし、とにかく部屋でお話を伺いましょう」

彼は急いでカードキーを持参し、一〇二号室に来客を案内する。

「こちらへどうぞ」

「失礼します」

「あ、上着は適当なところに掛けてくださいね。クローゼットの中にハンガーがあるんで」

「恐れ入ります」

女が上着を脱ぐ間に、速人はエアコンの暖房を入れる。それにしても、なぜこんな夜中に訪ねてきたのだろう。アパートのコンセプトを決めたときに、ある程度の覚悟はしていたが、早速一人目から「ワケあり」の借り手らしい。

「あの……失礼ですが、あなたが大家さんですか」

声をかけられ、速人は振り返る。オーナーにしては若すぎると思ったのだろう。

「ええ。田川といいます」

「そうですか。ごめんなさい、わたし――」

「気にしないでください。実は、最近伯父から受け継いだものですから」

「ああ、それは……」

「とにかく座りませんか。家賃などの説明もありますから」

だが、不安を感じているのは速人も一緒だった。何しろ初めての客だ。栗栖も居てほしかったが、こんな時刻では急に呼び出すわけにもいかない。

「失礼します」

女は促されてラグマットの上に正座する。手狭になるソファーは撤去していた。小ぶりなガラステーブルを間に置き、続いて速人も胡座をかく。

「寒くありませんか？」

「いいえ、大丈夫です。暖房の暖かい風がきますから」

「──あ、お茶でも入れてきましょうか」

「どうぞお構いなく……」

どうにも空気が重い。他愛もない会話もギクシャクしてしまう。ともあれ速人は大家として必要な手順を進めなければならない。

「えー、ではお名前から伺ってもいいですか」

「笹原《ささはら》と申します。笹原千波《ちなみ》です」

「何か身分を証明するものをお持ちでしょうか」

「すみません。たしかお財布に保険証が――」

千波はハッとしたように立ち上がると、ダウンコートから財布を取り出し、元の席に戻った。

「こちらになります」

「ありがとうございます。拝見します」

速人は保険証を受け取り、内容をざっと確かめる。笹原千波、今年で四十一歳になるらしい。現住所は意外に近く、三駅ほど離れた場所だった。

（いったいどんな訳があって、うちに来たのだろう）

疑問に思いつつ、改めて女を観察する。先ほどサンダルの件でも不思議に思ったが、丈《たけ》の長いセーターもずいぶんと着古したものらしく、あちこちに毛玉が飛び出していた。下はピッタリとしたパンツを穿いているが、これもおしゃれ着という感じではない。まるで着の身着のまま駆け込んできた、といった風情に思われる。

しかし、容貌はよく見ると美形であった。ろくに化粧っ気もなく、生活に疲れた感じはあるが、年齢の割に肌の張りもあり、日本的な美女と言える。憔悴《しょうすい》した感じがかえって色香を醸《かも》し出していた。

速人は保険証を返しながら言う。

「それで、どれくらいの期間をご希望でしょうか」

普通のアパートではないこの物件では必要な質問だった。

ところが、なぜか千波は言葉に詰まったかと思うと、ふいに泣き出してしまったのだ。

「え……あの……」

突然年上の熟女に泣かれ、速人はとまどう。ろくに恋愛経験もない彼は、どうしていいかわからなかった。

幸い、千波もすぐに落ち着きを取り戻し、自ら事情を語り始めた。

「ごめんなさい、取り乱してしまって……。あのろくでなしのことを思い出したら、悔しくなってしまってつい――」

聞けば、彼女は夫のいる身であった。しかし、この夫というのがくせ者で、全く働こうとしないヒモ亭主だという。

「昼までダラダラ寝ている上に、家のことなどもまったくしてくれないんです。わたしもいい加減頭にきたもので、言い争いになって……。そうしたらあの男、手を上げてきたんです」

働かないばかりか、暴力までふるうというのだ。速人は聞いているだけでむかっ腹が立ってきた。

「それでとうとう耐えきれなくなって、勢いで飛び出してきてしまったんです」

典型的なダメ夫というわけだ。話し終えると、千波は目頭を押さえるような仕草をした。

事情はよくわかった。横暴な夫に耐えきれず、まさに着の身着のまま家を出てきたのだ。速人が最初に感じていたちぐはぐさも、これで説明できる。

しかし若く独り身の速人は、何と言って慰めていいかわからなかった。

「すみません。何だか辛いことを思い出させてしまったようで――」

「いいんです、事実ですから。それに今度という今度は、わたしもホトホト愛想が尽きました」

いつしか千波の目から涙は止まっていた。長年の苦労に涙も涸れ果てたというところだろうか。彼女は言った。

「それで――部屋はお借りできるのでしょうか。こんな時間に飛び込んできて、非常識なことは重々承知しているのですけど」

「え……。ああ、もちろんです。そのためのアパートですから」

「よかった」

千波は心からホッとしたように胸に手を当てる。速人は無意識にその姿を眺めていた。ほつれたセーターの膨らみが、いかにも柔らかそうだった。

アパートの大家として、気の毒な人妻を断る理由はない。

「部屋にある家具や家電はご自由にお使いください。あと家賃についてですが——今日はもう遅いですし、詳しくは明日ご説明します」

「でも、それじゃあ——」

「あ、ですから今夜の分は無料で結構です。実を言うと、笹原さんがうちのお客さん第一号なんですよ。だから、特別サービスさせてもらいます」

栗栖との取り決めでは、飛び込み客の場合は一週間分の家賃を預かることになっている。だが、速人は言い出せなかった。何しろ千波は突然家を出てきたのだ。持ち合わせも心許《こころもと》ないことだろう。

千波は深々と頭を下げて礼を言う。

「それはご親切にどうも……。とても助かります」

「とんでもない。うちにとっても記念すべき日ですから」

勝手なことをして栗栖は怒るだろうか。速人の脳裏にやり手の美人不動産アドバイザーの顔が一瞬よぎるが、すぐに振り払う。千波に感謝されていい気分だった。第一、このアパートのオーナーは自分なのだ。文句を言われる筋合いはない。

話は決まった。部屋を家具家電付きにした甲斐《かい》があったというものだ。速人は満足して席を立つ。

「では、そういうことで。何かあれば、僕は隣の一〇一号室にいますから、いつでも言ってきてくださいね」

「あ……待って」

ところが、ふいに千波が呼び止めたのだ。速人は立ち上がりかけの中途半端な姿勢のまま彼女を見やる。

そのとき信じられないことが起こった。

「お願い――」

千波は言うと、彼の胸に縋りついてきたのだ。

「え……？　あの……」

突然の出来事に速人はとまどう。彼女は言った。

「今夜だけでいいの。お願い、一緒にいて」

「笹原さん――」

「あいつが、夫がここまで追ってくるんじゃないかって考えると怖いの。ううん、彼がこの場所を知っているわけもないし、そんな大それた真似をできる男じゃないのもわかってはいるのだけど――」

千波は思いをブチまけると、一層強くしがみついてくる。

どうしよう。速人の胸は高鳴っていた。深夜に見知らぬ人妻と二人きり、これで欲情するなと言うほうに無理がある。セーター越しに女の温もりが伝わってきた。

とはいえ、彼女が望んでいるのは、心細くて誰かに一緒にいてほしいというだけだろう。

速人は理性と欲望の狭間《はざま》に葛藤しつつも心を決めた。

「わかりました。なら、こっちに布団を持ってくるので、ちょっと待っていてください」

「ありがとう」

結局、ベッドの隣に布団を敷いて、速人がそちらに寝ることにした。人妻はそれを聞いて心から安心したらしく、この日初めて微笑みを浮かべるのだった。

いったん自室に戻った速人は、布団一式を抱えて部屋を出る。

本来なら記念すべき初めての客なのだが、行きがかりから妙なことになってしまった。家出した人妻が、アパートの大家に添い寝を頼むなど聞いたことがない。

「うう、寒っ」

深夜《しんや》の凍《こご》える寒さに身震いしながら、彼は千波の待つ一〇二号室へ向かった。

「失礼します――」

ドアを開け、声をかけてから入室する。自分の所有するアパートの部屋に入るのに遠慮する必要はないはずだが、入居を許可した以上、今は店子《たなこ》に居住権があるのだ。

ところが、リビングで速人は意外な光景を目にする。

「もう寝ていたんですか」

すでに千波がベッドで布団を被っていたのだ。

顔だけ出した千波は恥ずかしそうに言った。

「こんな恰好《かっこう》でごめんなさい。急いで出てきたものだから、着替えを持ってきていなくて」

「あー、なるほど」

部屋の片隅《かたすみ》を見ると、彼女のセーターとパンツが畳んで置いてある。外着で布団に入りたくなかったのだろう。室温も充分暖かい。

（――ってことは、今は下着姿になっているんだ）

状況を理解すると、速人の胸は高鳴った。布団一枚めくれば、なまめかしい熟女の肢体が、すぐ手の届くところにあるのだ。

「じゃあ、僕はここに布団を敷きますので」

だが、彼は何でもないフリをした。大家として、店子に欲情しているなどと思われてはならない。彼女が望んでいるのは、あくまでそばにいることだった。

速人はテーブルを隅《すみ》に片付け、ラグマットの上に布団を敷いた。その間も、なるべく千波の存在を意識しないよう努めていたが、どうしても動作がぎこちなくなってしまう。そんな自分を見つめる彼女の視線を感じる気がする。

「電気は消しますか」

「小さい明かりだけ、点けておいてください」

「わかりました」

なにげないやりとりの後、部屋を暗くして速人は布団に潜る。

「お休みなさい」

「わがまま言って、すみません。お休みなさい」

千波は言うと、静かになった。速人も目を瞑《つむ》り、眠ろうとする。

ところが、そう簡単に寝付けるものではなかった。元々寝ていたところを起こされたせいもあるが、理由の大半はすぐそばにいる千波であった。いくら考えまいとしても、掛け布団の下を想像してしまうのだ。

さらに、これは目を閉じてから気付いたことだが、部屋はほんのりと女の香りが漂《ただよ》っていた。千波は香水など付けていないだろうから、乳液とか柔軟剤の香りだろうか。いくら内装や家具調度を女性向けにしているといっても、やはり本物の女がひとりいるだけで、住居というのはこうも表情を変えるものなのか。

それからどれくらい経ったことだろう。薄闇の中で千波がふと口を開く。

「田川さん、もう寝てしまったかしら」

「……いいえ、まだ」

「……そっちへ、行ってもいい？」

消え入りそうな声だが、深夜の静寂《せいじゃく》にその声は耳に響いた。

だが、速人はしばらく返事ができなかった。人妻がどういうつもりか図りかねていたからだ。

薄暗がりで、千波が身動きする気配がした。

「不安で、眠れそうにないの」

縋《すが》るような女の声に速人の胸が疼《うず》く。気の毒な人妻が怯《おび》えているのだ。断る理由はないように思われた。

「どうぞ。僕は構いませんから」

努めて平静を装いながらも、喉《のど》がカラカラだった。

すると、千波は横たわったまま身体を滑らせ、ベッドから下りると、彼の布団の中に滑り込んできた。

「ごめんなさいね。迷惑でしょ」

「いえ、迷惑だなんて……。気にしないでください」

「ありがとう。こうしてもらえるだけでも、すごく安心するわ」

速人が端に寄っているため、身体が触れ合うことはなかった。とはいえ、同じ布団に潜っていれば、自ずと互いの体温を感じることにはなる。

「もう遅いですから」

「そうね。お休みなさい」

挨拶を交わし、速人は今度こそ眠りに就《つ》こうとする——が、とても寝付けそうにない。ひとつ部屋にいるだけでも落ち着かないのに、いまや一緒の布団にいるのだ。

同衾《どうきん》を申し出た千波自身も、同じ思いだったのだろうか。しばらくは静かな呼吸音だけが聞こえていたが、やがて布団の中で身じろぎする様子を見せた。

速人は神経を昂《たか》ぶらせ、気配に集中していた。するとそのとき、彼女の指先が自分の手に触れるのを感じた。

（え……？）

最初は偶然当たってしまったのだろうと思った。だから、慌てて手を引っ込めるようなことはしなかった。変に敏感になっていると思われたくなかったのだ。

ところが、やがて千波はハッキリと手を握ってきた。

女の細い指が絡みつき、手のひらをまさぐってくる。速人がされるがままになっていると、次第に彼女は大胆になり、スウェットの袖の下に潜り込んで腕をさすり、身体ごとさらに側寄ってくる。

「ふうっ、ふうっ」

速人の呼吸は浅くなり、もはや寝ているフリなどしていられなくなっていた。

耳のすぐそばで千波が囁く。

「こうしていると、安心できるの」

熱い吐息が耳朶《みみたぶ》にかかり、速人は身震いする。十六歳も年上の人妻から、こんな風に誘惑されたことなどもちろんない。興奮は収まらず、股間に血液が集中していくのがわかった。

その間にも、千波はさらに愛撫をエスカレートさせていく。速人のお腹から手を滑り込ませ、胸板をまさぐり、乳首を捏《こ》ねまわしてきた。

「うう、笹原さん……」

「お肌がスベスベ。羨ましいわ」

千波も興奮しているようだ。呼吸が忙《せわ》しなくなり、話しかける際も、唇を彼の耳たぶに触れさせていた。

そうしてしばし男の乳首を弄ぶと、ついに彼女の手が速人のパンツの中に侵入してきた。

「おうっ……」

たまらず速人は呻き声を上げる。

大胆にも千波は陰茎を逆手に握り、ゆっくりと扱き始めた。

「もうこんなに硬くなってる」

「ハアッ、ハアッ。マズいですよ、こんなこと」

速人は手淫を受け入れながらも、まだ相手が人妻であることを意識していた。

だが、いったん火のついた千波は止まらなかった。

「嫌かしら？　わたしみたいなオバサンにこんなことされて」

卑下《ひげ》するようなことを言いながらも、握る手には力がこもる。

「うっく……そんな。嫌なわけが——ふうっ、ただ」

「ただ、なあに？」

千波に問い返され、速人は言葉に詰まる。彼女が既婚者であることを指摘したかったのだが、その当事者自身が劣情を催しているのだ。話に聞いたヒモ夫に義理立てする理由もないように思われた。

気付くと、千波は身体をピッタリ寄せていた。

「怖いの。抱きしめて」

最後のひと言で、速人の理性は決壊した。

「笹原さんっ」

たまらず彼は人妻の体を抱きしめていた。

すると、千波は唇を重ねてきた。

「ああっ、田川さん——」

しっとりとした女の唇が速人のリビドーを煽り立てる。

「レロッ……むふうっ」

「んふぁ……ちゅぱっ」

互いに舌を差し伸べ、情熱的に絡み合わせる。

「ちゅぱっ、んむう」

「ふぁう、レロッ……」

キャミソールを着た千波の背中が湿っている。速人は抱いた手で肌の感触を愛《め》で、その流れでブラジャーの上から膨らみを捕まえた。

「あんっ、田川さんったら」

「ハアッ、ハアッ。笹原さん——」

「ねえ、今だけでいいから千波って呼んで。あいつの名字で呼ばれたくないの」

嫌な現実から逃れたいのだろう。喘ぎ混じりに千波は訴えた。

「わかった。だったら俺のことも、速人でいいよ」

「ん。速人さん」

「千波さん」

下の名前で呼び合うと、これまであった垣根が外れていくようだった。

再び濃厚に舌を絡め合い、速人はやがて人妻のうなじを舐めあげる。

「レロッ——」

「ああん……ダメぇ……」

千波は若い娘のような甘い声をあげた。四十一歳の肉体は敏感だった。速人が舌を這わせるたび、熱い息を吐きながら身体をわななかせるのだ。

「ハアッ、ハアッ」

すっかり欲情した速人は、邪魔な掛け布団をはね除《の》けていた。

すると、薄暗い明かりの下に現れたのは、白い下着姿の熟女であった。細身《ほそみ》ではあるが、丸みを帯びた肉体は、大人の色香を放っている。しどけなく投げ出された太腿はむっちりとして、若い女には出せないたおやかな曲線を描いていた。

「千波さん、きれいだ」

彼が思ったままを口に出すと、千波はイヤイヤするように首を振る。

「もうオバサンよ。恥ずかしいわ」

「ちがうよ。だって、こんなにきれいじゃないか」

速人は自分の言葉を証明するように、ブラジャーごと下着を引きずり下ろし、まろび出た突端にしゃぶりつく。

「びじゅるるるっ、むふうっ」

「あふうっ、んんっ」

乳首を強く吸われると、千波は顎を持ち上げて喘いだ。

一方、速人は欲情に任せ、両手で二つの膨らみを揉みしだきつつ、交互に女の乳首を吸った。

「ちゅばっ、ちゅばっ、レロ――」

「あんっ、ああっ、ダメ……」

すると千波は息を切らし、彼の頭をかき抱く。悦びに顔を火照《ほて》らせて、より一層体を押しつけてくるのだった。

その間にも、速人の手は人妻の股間に伸ばされていた。柔らかな下腹部を撫で、パンティーの内部へと侵入していく。

触れた媚肉は洪水だった。

「あふうっ――んああっ」

とたんに千波はビクンと体を震わせる。

「すごい。ビチョビチョだ」

「あんっ、恥ずかしいわ」

だが、同じく速人の体も汗ばんでおり、気持ちが悪かった。彼は興奮の最中にありながら、邪魔なスウェットとTシャツを脱ぎ捨てた。

それを見た千波も、自らキャミとブラを取り去ってしまう。乳房に残った下着の跡が生々しい。

そして突然彼女は言ったのだ。

「こんなの久しぶりよ。夫とはずっとご無沙汰だったから」

「そうなんだ」

さもありなんといったところだ。グウタラ亭主は働かないばかりでなく、夫として夜の勤めも果たそうとしないらしい。

「だから、速人さんのこんなもの見たら、ドキドキしちゃうの」

彼女は言って、テントを張った彼の股間をまさぐった。

「はうう、千波さん……」

「ねえ、食べちゃっていい？」

上気した顔で言う人妻はいやらしかった。

「うん、もちろん」

「うれしい」

千波は男に対しては謙虚でありながら、欲望には忠実だった。速人は亭主の気持ちがわからなかった。こんなにきれいで慎ましく、その上性に関しては貪欲な女なのだ。彼からすれば、理想の妻にも思われた。

やがて千波は起き上がり、仰向けになった速人の足下に回り込む。

「お尻を上げて」

「うん」

そして両手で彼のスウェットとパンツを脱がせると、怒髪天《どはつてん》を衝《つ》く肉棒を見て感嘆の声をあげた。

「すごい。カチカチで美味しそう」

「千波さんがエッチだから」

「速人さんってやさしいのね」

千波は言いながら、身を伏せてペニスの根元をつまみ、鼻面を押し当てるようにして匂いを嗅いだ。

「あー、逞《たくま》しい男の匂いがするわ」

「うう、千波さん……」

人妻の無遠慮なアプローチに速人の頭はカアッと熱くなる。

やがて千波は舌を出し、太茎の裏筋をペロッと舐めあげた。

「ん。美味し」

「はううっ、エロ——」

上目遣《うわめづか》いの人妻は、青年の反応を見て喜んだ。

「これが気持ちいいの？　可愛いわ」

そして今度は口をすぼめて、亀頭をチュッと吸ったのである。

速人は下半身から力が抜けていくのを感じた。

「ぬふうっ、そんなことされたら」

「ちゅぱっ……あん、おつゆがいっぱい」

「ハアッ、ハアッ」

「もっといっぱい舐めていい？」

いちいち反応を確かめながらするやり方は、熟妻ならではの老練さを思わせる。若く経験の浅い速人などイチコロであった。

さらに千波は顔を横に傾け、唇で竿を挟んで根元から吸いあげる。

「んふうっ。オチ×チンの匂い」

「ああ、千波さん……」

その間にも、彼女は手で陰嚢《いんのう》をまさぐるのだった。

「ハアッ、ハアッ」

「ちゅぼっ。速人さんのオチ×チン、好き」

妖艶な人妻に奉仕され、速人の欲望は今にも爆発しそうだ。気持ちよさと物足りなさがない交ぜになり、自ずと腰が浮いてしまう。

「ううっ、我慢できないよ」

「どうして欲しいの」

「お願いだ。しゃぶって」

「いいわよ――」

青年の苦悶の表情を見て満足したのか、ようやく千波は口を開いて肉棒を咥える。

「んふうっ」

「おおうっ……」

太茎が温もりに包まれていく。速人は幸福だった。

かたや千波はペニスを根元まで深く咥え、自身も興奮で鼻息を荒らげていた。

「んふうっ、ん……ちゅぼっ」

そしてストロークが始まる。

「んっふ、じゅるっ、ちゅぼっ」

熟妻らしく、ねっとりとした濃厚なフェラチオだった。

痺れるような愉悦が速人を襲う。

「うはあっ、ううっ……はううっ」

「速人さん、いやらしい顔してる」

「だって千波さんが──ぐふうっ」

「オチ×チン、美味しいわ」

ヒモ亭主から逃れてきた人妻は、青年大家の逸物を喉奥まで吸い尽くす。舌使いも巧みにカリ首を責め立て、竿肌を唾液塗《まみ》れにするのだった。

速人の股間で四十路《よそじ》妻が盛んに頭を上下している。

「ハアッ、ハアッ、ハアッ」

見るも淫靡《いんび》な光景であった。栗栖との肉交も気持ちよかったが、今考えるとひどく性急で直情的だったように思われる。千波の場合はもっとじっくりと腰を据え、愛撫の一つ一つを噛《か》みしめるようなやり方だった。

「ちゅぼっ、んばっ。んふうっ、カチカチ」

千波は口走りながら、ときに口を離し、手コキで肉棒を刺激する。

これが速人にはたまらなかった。

「うはあっ、ダメだよ。そんなに激しく……」

とくに遅漏というわけでもない彼にとって、フェラの合間の手コキは過分な快感だったのだ。背筋をゾクゾクさせる愉悦が走り、ともすれば暴発しかねない状況であった。

「千波さん、ストップ」

「え……？」

「今度は、俺に舐めさせて」

たまらず速人は攻守交代を申し出る。

すると、意外に千波もあっさりと受け入れた。

「ええ、お願いするわ」

彼女も口舌奉仕しながら欲情していたのだろう。素直に身を引くと、仰向けに横たわるのだった。

起き上がった速人は人妻の脚の間に割り込み、小さなパンティーに手をかけて引きずり下ろす。

「あんっ」

「これが千波さんの――」

現れた割れ目は濡れそぼって、ヌラヌラと照り映えていた。肉ビラが捩《よじ》れ、よだれを垂らす様《さま》がいやらしい。

速人は胸を高鳴らせつつ、媚肉に顔を近づける。

「あー、スケベなオマ×コの匂いがする」

「イヤ……あんまり見ないで」

鼻を鳴らす彼に対し、千波は恥ずかしそうに身じろぎする。大胆なところもあるくせに、責められると案外弱いらしい。

だが、その振り幅が速人を奮い立たせた。

「もう我慢できないよ──はむぅ」

彼は口をいっぱいに開き、媚肉にむしゃぶりついた。

とたんに千波が身悶える。

「はひぃっ……ああっ、イイッ」

「べちょろっ、じゅるっ。千波さんのオマ×コ、美味しいよ」

「ああん、ダメぇ。エッチな舌使い」

「エッチなおつゆがどんどん出てくる」

「あっ、ああっ、んふうっ」

彼が夢中で舌を働かせると、千波は盛んに喘ぎ、悩ましい表情を見せた。やはり感じやすいようだ。速人は牝臭にむせびながら、花弁に舌先を突き入れ、また溢れるジユースを啜った。

「じゅぱっ、じゅぽっ、じゅるるっ」

「あっひ……んんっ、あはあっ」

「ふうっ、ふうっ、びじゅるるるっ」

速人は鼻息も荒く、太腿を抱え込み、舌で複雑な女性器の形をなぞった。

「ああん、イイッ、イイイッ」

千波はウットリとして男の愛撫を受けている。ところが愉悦の昂ぶりと同時に、傷ついた感情の記憶もこみ上げてきたらしい。

「あいつったら外面《そとづら》ばかりよくて——あんっ。カッコつけるくせに、妻にしか手を上げられないダメ男なの」

身悶えながら口走る言葉には、暴力をふるう夫への恐怖というより、どこか頼りない亭主への憤《いきどお》りのようなものが感じられた。

その感情は、速人の耳にもしっかりと届いていた。しかし今の彼にできるのは、口舌奉仕で彼女を慰めることだけだ。

「ちゅばっ、びちゅるるっ、千波さん……」

やがて舌が探り当てたのは、ぷっくりと膨れた肉芽であった。

彼は牝芯を舌先で転がし、思いきり吸った。

「レロレロレロレロッ、ちゅううっ」

「はひっ……んあああーっ」

敏感な箇所を責め立てられた人妻は、背中を反《そ》らして身悶えた。

「イイッ、イッちゃう、イイイイーッ」

強烈な力で太腿を締めつけてくる。速人はこめかみに痛みを覚えながらも、勃起した肉芽をさらに吸った。

「ちゅぼっ、ちゅばっ、みちゅううっ」

「んはあっ、ダメ。あああ……イックうううーっ！」

千波は四肢を突っ張らせ、胸を迫《せ》り上げるようにしながら絶頂を訴える。

なおも舐める速人。人妻は息を詰まらせているようだった。

「あひぃっ、イイッ、イイッ」

そして何度か体を震わせると、ぐったりと脱力するのだった。

千波が絶頂したのを感じ、速人は牝汁塗れの顔を上げた。

「イッたの？」

「ひいっ、ふうっ、ひいっ……ええ」

人妻は苦しい息を吐きながら、満足したことを伝える。布団に横たえた放縦な肉体が、暗い照明に照らされて淫靡《いんび》な輝きを放っていた。

もつれ合う男女の熱気で室温は上がっていた。

「暑くないですか。すこし温度を下げますね」

「ええ、お願い」

速人が問いかけると、千波は気怠《けだる》そうにうなずく。彼は壁にあるリモコンを調整するため布団から立ち上がった。

背後から千波が話しかけてくる。

「速人さんは、誰かいい人がいらっしゃるの」

「いいえ。いませんよ、そんなの」

「そう——」

彼女の返事はそれきりだった。しかし、速人はまだ続きがあるような気がして、壁を向いたままリモコンを弄っているフリをしていた。

案の定、ややあってから千波がまた口を開く。

「なんであんなロクデナシ亭主と一緒にいるのかしらね。バカみたいでしょ」

「いえ、そんな……」

速人は曖昧《あいまい》に答える。彼女の口調には、どこか彼に尋ねているというより、自分自身に言い聞かせているような節が感じられた。

「昔はね、何度か本気で別れようかと思ったこともあるの」

千波はまだ話を続けるようだ。ほとんど独り言に近かった。

だが、若い速人は逆に反発心を覚えた。背中を向けたまま訊ねる。

「どうして別れなかったんですか」

「どうして……。わからないわ。ただ、もうこの年になると、慣れた場所から飛び出すのが怖くなってしまうものなのよ」

ならば、なぜこの日彼女はここへ来たというのだろう。人妻の言葉の矛盾に速人は苛立《いらだ》ちすら覚える。

「夫婦のことはよくわからないけど、新しい人生を始めるのに、早いも遅いもないいんじゃないかな」

青年ならではの乱暴な主張ではあるが、その意外なまでの真剣さに千波も胸を衝かれたようだった。

「ごめんなさい。勝手なことばかり言って。わたし――」

速人の背後で千波が立つ気配がし、まもなく裸の人妻が背中に縋りつくのが感じられた。

「千波さん――」

「許して。速人さんがいい人だから、つい甘えてしまったの」

柔らかな温もりが背中に押しつけられている。萎《しお》れかけていた速人の肉棒は、再びムクムクと鎌首をもたげ始めていた。

「そんな。俺の方こそ、すみません。何も知らないのに、生意気言って」

「いいの。やさしい人」

千波は言うと、おもむろに手を回して肉棒を捕まえてきた。

「今だけは、あなただけのものになりたいわ」

彼女の手が、ゆっくりと陰茎を扱き始める。

「ううっ、千波さん……」

「すごいわ。もう大きくなってきた」

指は繊細に裏筋を撫で、カリ首を弾《はじ》くようにする。

速人の息は上がっていく。

「ハアッ、ハアッ。ううっ」

「さっきはいっぱい気持ちよくしてくれたでしょう？　だから、今度はわたしが速人さんを気持ちよくしてあげる」

いつしか千波も興奮しているようだった。

「ねえ、こっちに来て」

彼女は言い、彼をベッドの縁《ふち》に腰掛けるよう促した。

速人が言われたとおりにすると、千波は床に膝立ちし、脚の間に割り込んできた。

「オッパイで挟んであげる」

そして自ら両手で乳房を持ち上げ、谷間で肉棒を挟みつけてきたのだった。

速人の胸が期待で高鳴る。

「ああ、千波さん」

「すごく熱いわ。それに硬い」

千波は言うと、乳房を上下に揺らし、ペニスを扱き始めた。

たまらず速人は呻き声を上げる。

「うふうっ……つく。エ、エロい」

「速人さん、エッチな顔してる。気持ちいい？」

「う……うん。気持ちいいよ」

乳房の柔らかい肉に包まれ、太竿は悦びに先走りを漏らす。

「あんつ、おつゆが出てきた」

千波はゆっさゆっさと乳房を揺らし、ウットリした目で見え隠れする亀頭を眺めている。

「ハアッ、ハアッ」

速人が見下ろす眺めは絶景だった。自分より人生もセックスも経験豊富な人妻が跪《ひざまず》き、懸命にパイズリ奉仕してくれている。熟女ならではの弛《ゆる》みが硬直をみっちりと包み込み、えも言われぬ快感をもたらしていた。

だが、さらなる悦楽が待ち受けていた。

「見て。速人さんのオチ×チンが、ヒクヒクしているの」

「うぐっ……気持ちよすぎて」

「もっといいことしてあげる」

千波は俯《うつむ》くように首を曲げ、舌を伸ばして鈴割れをくすぐってきた。

速人の全身に痺れるような愉悦が突き抜ける。

「うはあっ」

「おいひい……おつゆがいっぱい」

チロチロと舌を蠢かし、千波は先走り汁をすくい上げる。それだけでも充分気持ちよかったが、まもなく彼女はさらに深く首を曲げて、張り詰めた亀頭をパクリと咥えたのだった。

「んふうっ、ちゅぼっ」

「はううっ、千波さんっ。それ──」

気持ちよさに思わず速人は天を仰《あお》ぐ。普通の人妻が、ＡＶでしか見たことがないような性戯を繰り広げているのだ。夢のようだった。

「んちゅっ、じゅぱっ、んふうっ」

「ハアッ、ハアッ、ああ……」

「この匂いが好き。速人さんのオチ×チンの匂い」

千波は卑猥な言葉を呟きながら、夢中で肉棒をしゃぶっている。

「うはあっ、千波さんっ」

たまらず速人は彼女の頭を抱え込む。

「んぐちゅ、ちゅぱっ、レロッ」

「おうっ、くうっ」

太茎を乳房に挟んでいるため、上下動はあまりない。だが、千波は口の中で舌を使い、亀頭をぐちゅぐちゅとねぶり回すのだ。

「うぐう……ハアッ、ハアッ」

突き上げる快感に、速人は今にも暴発しそうだった。このまま口に果てたい。彼の反応に千波もうれしそうだった。ところが、行為に夢中になるあまり、彼女は無自覚のうちに口走ったのだ。

「これをすると、うちの人も喜んでくれるの」

さりげないひと言は、愉悦にむせぶ速人の耳にも鋭く突き刺さる。このとき彼は覚ったのだ。千波の心は、まだヒモ亭主から離れていないらしい。

「うっく……」

そう思うと、なぜか胸の内に焼き付くような痛みを感じた。これは嫉妬なのだろうか。彼は自分でも理解できない衝動に駆られる。

「千波さん——」

速人は呼びかけると、人妻の行為を止めて顔を上げさせる。

千波は何事が起こったのかわからないようだった。

「どうしたの？　よくなかった？」

しかし、速人には明確に答える術《すべ》はなかった。代わりに彼は千波を抱き上げ、ベッドに横たわらせた。

「いいよね？」

覆い被さる青年の真剣な表情に、千波もこくんと頷《うなず》いた。

「ええ」

「いくよ」

彼は言うと、いきり立つ肉棒を濡れた花弁に押しつける。

とたんに人妻は顔を輝かせた。

「ああん、きてぇ」

「ぬおっ……」

硬直がぬぷりと蜜壺に突き刺さる。太竿をぬめりが包み、速人は快感が尾てい骨の辺りから突き上げてくるのを感じた。

媚肉に男を受け入れた千波も、充溢感を噛みしめているようだ。

「んあぁ、速人さんの、大きい」

「千波さんのオマ×コも、ヌルヌルして気持ちいいよ」

「ねえ、こんなの久しぶりなの。いっぱい愛してくれる？」

千波が瞳を潤ませ、上気した顔で訊ねてくる。

四十路妻の愛らしさに速人は奮《ふる》い立った。

「千波さぁん――」

呼びかけると、彼は正常位で腰を振り始めた。

「ハアッ、ハアッ、ハアッ」

「ああっ、んっ、あふうっ」

肉棒を出し入れすると、花弁は盛んにジュースを噴きこぼした。

「ハアッ、ハアッ、ううっ」

瞬《また》く間に速人の額に汗が浮かぶ。見ず知らずの亭主に対する嫉妬《しっと》の炎は、いわれのないことだとわかっていながら、燃え盛らずにはいられなかった。

一方、千波は男の抽送を受け入れながら、ひたすら愉悦に浸っているようだった。

「あふうっ、あんっ、いいわ」

肉はぶつかり、結合部からぐちゅぐちゅと湿った音がする。

速人は両手で自分の体を支え、一定のリズムで腰を刻んだ。

「ハアッ、ハアッ、ハアッ」

自分の肉棒で人妻の憂さを晴らしてやりたい。最初に事情を聞いたときに感じた同情は本物だった。しかし、千波の口から時折漏れる夫への未練は、青年の心にえも言われぬ憤《いきどお》りに似た思いを募《つの》らせるのだ。

その対抗心は、抽送の最中にも現れた。

「千波さん――」

「あんっ、なぁに？」

「旦那と俺のチ×ポ、どっちがいい？」

揺れる人妻にこの質問は酷だった。だが、言わずにはいられなかったのだ。

すると、千波は返事する代わりに言った。

「ああっ、速人さんの大きいオチ×チン、好き」

「千波さんっ！」

「だってぇ……ああああっ」

責め立てる速人をはぐらかし、彼女は両手を巻きつけ抱きついてきた。

「キスして」

「むふうっ」

濡れた唇を押しつけられ、速人はそれ以上問い詰めることができない。

千波は情熱的に舌を絡ませてきた。

「ちゅぼっ、んんっ、レロッ」

おそらくそれは彼女の自己防衛本能だったのだろう。考えてみれば当然のことだった。ヒモ亭主とは言え、長年連れ添った夫と、今日出会ったばかりの若者とでは比べようがないはずだ。

「んふうっ、ちゅるっ、ふぁう……」

「んふぁ……ああ、千波さん」

思い通りの答えは得られなかったものの、速人は幸せだった。千波の体を抱き、結合の悦びをもたらしているのは自分なのだ。彼は千波の舌を吸いながら、人妻を寝取っているという小さな勝利に満足していた。

「んああっ、いいわ——」

するると、ふいに千波が上になった彼を横ざまに転がしてきた。

速人も逆らわず、横寝になって側位で抽送を再開する。

「ううっ、これまたすごい……」

「もっとこっちに来て」

千波は向かい合った彼を自分の方へと引き寄せる。そうしてから片方の脚を上げて腰を跨ぐような恰好になった。

男女はさらに密着した姿勢になる。

「ハアッ、ハアッ、ハアッ」

「ふうっ、ひいっ、ふうっ」

互いの吐く息が相手の顔にかかる。親密な空間が二人を包んでいた。

速人は側位で懸命に腰を突き入れていた。

「ハッ、ハアッ、ううっ」

正常位の時とはまた違う悦びが肉棒に走る。振り幅こそ狭くなっているものの、媚肉が吸いついてくるようなのだ。

あられもなく脚を広げた人妻は卑猥で美しく、幻想的でさえあった。

「あっふ、んああっ、んふうっ」

気付けば、千波の腰もヒクヒクと動いている。だが、自分では意識していないのだろう。そのリズムは一定ではなく、しかも間欠的だった。

「千波さん、きれいだ」

思わず速人は口走る。

すると、千波は激しく喘いだ。

「んああっ、嘘よ。そんなの」

「嘘なもんか。俺、千波さんに溺れてしまいそうだよ」

速人は言うと、背中を曲げて乳房に吸いつく。

「ちゅぱっ、ちゅうう……」

「はううっ、速人さんっ。うれしい。いくらでも溺れてちょうだい」

褒め言葉がよほど響いたのか、千波はビクンと体を震わせ悦びの声をあげた。

膨らみに潜り込んだ速人は、夢中になって人妻の乳首を吸った。

「千波さんのオッパイ、柔らかくて美味しいよ」

「あんっ、そんなに吸って。赤ちゃんみたいで可愛いわ」

「赤ん坊はこんなことしないだろ——」

速人は言うと、舌先で乳首をコロコロと転がした。

「あっひぃ……エッチな赤ちゃんね」

千波は背中を反らして喘ぎつつ、彼の頭を抱きしめる。

一方、抽送はしばらくおろそかになっていた。速人は熟女の乳房に溺れ、満足していたが、千波は次第に物足りなくなってきたようだ。

「ねえ、速人さん」

「ん？」

「上になりたいの」

無論、速人としても異論はない。母なる柔乳から離れるのは名残惜《なごり》しかったが、彼女の希望を受け入れて、仰向けに寝そべった。

体位を変える過程でいったん結合は解かれていた。千波は火照《ほて》った体を気怠《けだる》そうに起こし、彼の上に跨がってくる。

「まだこんなに硬いままだなんて――」

彼女は逆手に硬直を握り、感心したように数回擦ってみせた。

張り詰めた粘膜を弄られ、速人は呻く。

「ううっ、千波さんがエロいから……」

「ううん、やっぱり若いってすごいことね」

持続力を褒められて、速人も悪い気はしない。しかし、今はそれより媚肉に埋もれたい。

その思いは千波も同じようだった。

「いっぱい感じさせてね――」

彼女は前屈みで覆い被さり、尻を突き出すようにして、肉棒を導いていく。

亀頭が花弁に触れ合い、やがてぬぷぬぷと埋もれていった。

「あっふう」

すでにこなれた蜜壺は、柔軟に太竿を包み込んでいた。誂《あつら》えたようにピタリと重なる様は、まるで最初からこうあるべきだったようにも思えてくる。

「ハアァァ」

根元まで埋もれると、千波はホッとしたように長々と息を吐く。

行き場をなくし、アパートに駆け込んできた人妻。不安を訴えるその姿はいじらしくもどこか妖艶で、若い速人ですら庇護《ひご》欲をくすぐられた。

一方で彼女は、速人の気持ちを弄ぶようにしながらも、自身の愉悦に浸《ひた》っているのだ。その底の知れない女のしたたかな一面に、速人は圧倒されつつある。

「ふうっ、ふうっ」

仰向けの速人は息をつきながら、全裸の千波を眺める。四十路の肢体は熟した果実のようだった。両の乳房は重々しく揺れ、脇腹にこぼれた肉も愛《いと》おしい。反対に下半身は張り詰めており、たっぷりした尻や太腿が男心をそそるのだ。

千波は前屈みのまま、尻を揺らし始めた。

「ハアン、あんっ、んんっ」

大量に溢れる牝汁のせいで、結合部はぬぷぬぷと音を立てた。

人妻の肉の重みが裏筋にのしかかる。

「ううっ……っくう」

「あっふ……ああっ、いいわ」

ゆったりとした腰の動きに大人の余裕が感じられる。四十路妻は最初から性急に貪るようなことはなかった。

焦《じ》らすようなグラインドに速人は息が上げる。

「ハアッ、ハアッ。うむむ……」

若さゆえ、つい直情的な快楽を求めてしまいがちだった。しかし、ここは千波に任せるべきだということもわかっている。彼は突き上げたい衝動を抑《おさ》えながら、代わりに人妻の尻たぼを両手で愛撫した。

「ち、千波さんのお尻っ、柔らかくていつまでも触ってたいよ――」

「ああん、速人さんっ、いっぱい触ってぇ？」

「もちろん……んぐっ。ああ、アソコも締まるっ」

「速人さん、エッチな顔してる」

そう言う千波も潤んだ瞳で男を見下ろし、妖艶な笑みを浮かべている。

「これ好き。ずっとこうしていたいくらい」

「千波さんっ」

速人はたまらず彼女の顔を引き寄せてキスをした。

応じる千波もうれしそうだった。

「んふうっ、ちゅばっ。るろっ」

「ふぁう……れろちゅばっ」

唾液たっぷりのディープキスで思いのたけを伝え合う。顔の角度を変えてはねぶり合い、舌を伸ばして互いに相手の喉奥まで突き入れようとした。

「千波さん……」

「んふぁ……好き」

どうやらキスが千波の欲情を昂ぶらせたようだ。やがて彼女は顔を上げた。

「ぷはあっ――ああん、もう我慢できなくなっちゃった」

そうして体を起こすと、今度は上下に揺れ出したのだ。

「あんっ、はううっ、んっ」

「うあぁっ、すご……」

先ほどまでとはまるでちがう。激しいリズムに速人は仰け反る。

「あんっ、あっ、ああっ、イイッ」

千波は膝のクッションをうまく使い、ぬぽくぽと肉棒を出し入れさせた。

「ハアッ、ハアッ、ううっ」

仰向けの速人が見上げる千波は美しかった。肉を揺らし、躍動する熟女は輝いている。人妻としての揺れる思いも今は忘れ、悦楽の時に没頭しているようだった。

「あっふう、硬いの、ぐりぐりきてる……！」

「俺も……うはあっ、たまらないよ」

「オチ×チンが、奥まで当たるの」

「ううっ、きれいだ。千波さん」

「速人さんっ――」

欲情のリズムは加速していく。蜜壺は盛んにジュースを噴きこぼし、肉棒もまた中で先走りを吐いた。膣壁の凹凸は竿肌を舐め、肥大した花弁が繰り返しキスをした。

「ああっ、イイッ、イイイッ」

千波は全ての憂さを忘れたがっているように見えた。ウットリとした表情を浮かべながらも、何かを思い出すように時折ビクンと体を震わせては、イヤイヤするようにかぶりを振るのだった。

だが、それはたんに悦楽に没入しているだけだったのかもしれない。

「あっひぃ……んあああーっ」

彼女はひときわ大きく喘ぐと、堪えきれなくなったようにまた倒れ込んできた。

熟女は柔らかな熟れ肉をアクメに震わせ、速人に体をあずけている。

速人はその体を受け止めながら、自らも昇りつめるために腰を突き上げた。激しく息をする千波も自分からは動けなくなってしまっているようだ。

「千波さんっ――」

千波の体をしっかりと抱き、肉棒をあらん限りの力を振り絞って、腰を繰り出したのだ。

その衝撃に千波は喘ぐ。

「んああっ、すごい……イイッ」

「ハアッ、ハアッ、ハアッ」

「オチ×ポが……ああっ、またイッちゃううっ」

「俺も……っく。イきそうっ……」

「いいよ。イッて。わたしも――あああっ」

小刻みな抽送が二人を天上へと舞い上がらせる。

速人はラストスパートをかけた。

「うああぁっ、出すよ」

「イイッ、イクッ、イッちゃうううっ」

身を伏せた千波が耳元で悦びを訴える。

ついに肉棒が熱い猛りを噴き上げた。

「うはっ、出るっ！」

精液は勢いよく飛び出し、人妻の子宮口に叩きつけられていく。

前後して千波も絶頂を迎えた。

「イクうううっ！」

深イキした人妻は、喉を締めつけられたような声をあげて、彼にしがみついてきた。

「イイッ、イイイッ」

そしてさらに二度、三度、全身を痙攣《けいれん》させて絶頂を貪るのだった。

「ハアッ、ハアッ、ハアッ、ハアッ」

「あああ……」

果てた後も、千波はしばらく動けないようだった。力尽きたようにのしかかったまま、荒い息を吐きながら悦楽の余韻を味わっている。

「千波さん──」

「うん……」

速人が呼びかけると、ようやく彼女は正気を取り戻したように返事した。

「——すごく、よかった」

しかし、起き上がる気力もないらしく、ぐったりと横様に倒れて結合を解く。媚肉は白濁を滴《したた》らせ、満足げに息づいていた。

その夜、二人は裸で抱き合ったまま眠りに就いた。速人は満ち足りた思いで、住人第一号の誕生を心密かに祝うのだった。

ところが、その二日後、千波は突然アパートを出て行ってしまった。二日分の家賃と、「もう少しだけ頑張ってみます」という置き手紙だけを残し、去っていったのだ。

速人は忸怩《じくじ》たる思いだったが、しょせんは他人の夫婦の問題であり、余計な口など出せるはずもない。また一方、大家としての仕事も、考えていたより簡単ではないと改めて実感するのだった。

第三章　肉食系の女

不動産業界の広いネットワークに頼ることなくアパートを経営するというのは、当初あまりに無謀と思われた。しかし、そんなメゾン・コンソラシオンにも、少しずつだが人の出入りが見られるようになってきた。

よく晴れた朝、速人が日課の掃除を終え、テラスで洗濯物を干していると、インターホンが鳴って誰かの来訪を告げた。

「荷物でも届いたのかな」

彼は壁に設置したモニターをチェックした。録画もできるインターホンは、防犯を兼ねて取り付けたもので、これも自慢の設備だった。

ところが、液晶に映る人物は配送業者ではない。コートを着た妙齢の女性だ。

「はい。どちら様でしょう」

「ごめんください。お部屋を借りたいのですが」

賃貸希望者だ。速人は急いで玄関のドアを開ける。

「いらっしゃいませ。大家の田川です」

「朝早くからすみません。東堂《とうどう》と申します」

丁寧に頭を下げたのは、トレンチコートを粋《いき》に着こなしたビジネスウーマンであった。肩までの長さの軽やかなボブヘアーがよく似合っている。

「どうぞ中へ。ここじゃ寒いですから」

速人は女性を室内へ上がるよう促した。

すると、女性はすこしためらうような様子を見せたが、すぐに言うとおりにした。

「お邪魔いたします――」

「よかったら、コートは壁のフックに掛けてくださいね」

速人は案内しながら、内心彼女の反応も致し方ないと思う。千波のときもそうだったが、おそらく自分が大家にしては若いからだろう。

だが、ほかにも引っ掛かることがあった。女性をどこかで見た気がするのだ。

「お茶をどうぞ」

「ご丁寧にありがとうございます」

リビングで差し向かいになると、彼女は早速自己紹介を始める。

「東堂菜摘《なつみ》と申します。店舗内装などを取り扱う会社に勤めています」

菜摘が差し出す名刺を受け取った瞬間、速人の記憶が蘇《よみがえ》った。

「あ……」

思わず声が出てしまい、菜摘が怪訝《けげん》そうな顔をする。

「何か――？」

「いや、何でもありません。会社にお勤めなんですね」

彼女は、速人が以前に住んでいたマンションのご近所さんだった。外行きの恰好をしているので、気がつかなかったのだ。

菜摘は話を続けた。

「リモートワーク用にひと月ほど借りられる部屋を探していたんですけど、なかなか良い所がなくて――。ホテルは高いですし。そうしたら、ＳＮＳでこちらの案内を見つけまして、それで今日お伺いしたというわけです」

会社では企画営業を担当しているという彼女だが、現在重要な案件を抱えており、手狭な自宅では集中して仕事ができないということらしい。

速人は話を聞きながらも、かつての記憶を思い浮かべていた。菜摘――当時は名前も知らなかったが、彼女は家庭の主婦だった。彼の部屋とは同じ敷地内の別棟に住んでおり、幼い子供を送り迎えする姿などをよく見かけたものだ。いわゆる美人妻で、速人もかねて気になっていた。子供の声がすると、思わず窓から外を眺め、彼女の姿を目で追っては、あらぬ妄想を思い浮かべ、オナニーに耽《ふけ》ってしまったことも一度や二度では済まない。

そんな人妻が、速人が営むアパートに住みたいとやってきたのだ。思わぬ僥倖《ぎょうこう》に胸の奥が疼《うず》くのを覚える。

ところが、菜摘は彼がボンヤリしているのを見て、どこか納得していないものと勘違いしたらしい。

「実は、部屋をお借りしたい理由は、家庭の事情もありまして――」

「あ……はい。ええ」

速人がハッと我に返ってした生返事が、話を促す恰好になる。

「わたしが家で仕事をしていると、夫が嫌がるんです」

「ご亭主が……」

「ええ。お恥ずかしい話なのですが、夫はわたしが仕事するのをあまり快く思っていなくて。何かと邪魔までしてくるんです」

速人は記憶を辿《たど》るものの、菜摘の夫らしき人物を見た覚えがない。本当は見かけていたのかもしれないが、目に入らなかったようだ。

話によると、菜摘は結婚前から今の仕事に就いていたが、子を身ごもったのを機にいったん休職したらしい。しかし、やがて子供にも手がかからなくなり、最近になって好きだった仕事に復帰したという。

しかも、さらに問題を複雑にする事情があった。

「夫はイラストレーターなんです。もともと毎日家にいるものですから、余計に目に付くのでしょうね。でも、わたしも仕事は好きですし、考えた末に、じゃあ外に仕事場を作ろうと決心したんです」

「なるほど。そうでしたか」

「それであの……事務所代わりと言っても、いるのは平日の昼間だけですし、誰かを部屋に呼ぶようなこともありません。それはお約束します。どうかひと月だけお借りできないでしょうか」

菜摘は本当に困っているようだった。だが、もとより速人としては、部屋を貸すのに何の問題もないどころか大歓迎だった。家庭の事情まで聞いてしまったからには、アパートの大家としても力にならないわけにはいかない。

「もちろん大丈夫ですよ。うちとしては一日単位でも結構なんですが、月極めにしてもらえるなら、そっちの方が割安になりますしね」

「あー、よかった。それを聞いて安心しましたわ。本当に今回の案件は逃したくないものですから」

菜摘は心底ホッとしたようだった。

一方、彼女は速人が近所に住んでいたことは、気がついていないようだった。速人も指摘はしなかった。人妻をオカズにしていたという引け目もあり、あえて言う必要はないと思ったのだ。

「ではまた後日、必要書類などを用意して参ります。よろしくお願いいたします」

「こちらこそ、よろしくお願いします」

速人は、菜摘とひとつ屋根の下に暮らせるのを心待ちにするのだった。


メゾン・コンソラシオンを必要とする女性の事情もさまざまだ。ある日、栗栖から借り手を紹介したいという連絡があった。

「短期なんだけどね、収入はしっかりある人だから、よくしてあげて」

「オーケー。栗栖さんの紹介なら問題ないよ」

速人に大家としての自信もつき始めた頃だ。栗栖に教わった契約手順も、今ではてきぱきとこなせるようになっていた。

「真崎杏子《まさききょうこ》さんという、三十五歳の女性なの。木曜の夕方頃に行くからよろしくね」

栗栖も忙しそうだった。速人の物件以外にも、たくさんの案件を抱えているらしい。

速人としては、チャンスがあればまた栗栖と肉体のコミュニケーションをとりたくはあったが、そうもいかないようだ。

そして約束の木曜日、日暮れ頃に杏子はやってきた。

「この先のスーパー裏にある駐車場って、ロングも駐められるのかしら」

のっけから挨拶する間も与えず、彼女は言った。作業着にドカジャン姿だったため、栗栖から彼女がトラック運転手だと聞いていなかったら、紹介された女性とは気付かなかったかもしれない。

「えっと、駐車場の件は聞いておきます。あの、真崎杏子さんですよね？」

速人に尋ねられ、杏子は「ああ、そうだった」とばかりに笑い出す。

「せっかちなもんだから、ごめんね——そう。あなたが大家さん？」

「ええ。田川といいます」

彼女の明るい笑顔に速人もついつられてしまう。屈託のない女性だ。

杏子は言った。

「へえ、栗栖ちゃんから聞いてはいたけど、本当に若い大家さんなんだね」

「よく言われます」

「それに男前」

「そんな……やめてくださいよ」

速人が気恥ずかしそうな顔をすると、杏子はまたカラカラと笑った。

「謙遜《けんそん》することないよ。最初に見たときは、俳優さんかと思ったもの」

「とにかく中へどうぞ。立ち話も何ですから」

「そう？　なら、お邪魔します」

促されて杏子は玄関でスニーカーを脱いで部屋に上がる。並んでみると、意外に背が低い。持ち前の気っぷの良さで、実際より大きく見えたのかもしれない。

彼女はリビングを遠慮なく眺めながら、感心したように言った。

「男の子の部屋にしては、ずいぶん綺麗《きれい》にしてるのね」

「まあ、一応……。上着を掛けておきましょうか」

「いいのよ、こんなの。でも、脱ぐだけ脱がせてもらいましょうか」

杏子は脱いだドカジャンを畳んで床に置いた。

すっかり彼女のペースだ。だが、速人はイヤな気はしなかった。体こそ小柄ではあるが、杏子には任せて安心できるような頼りがいが感じられた。

差し向かいで腰を下ろし、ようやく本題に入る。

「栗栖さんに聞いたところだと、今回は一週間ほどということでしたが」

「そうなの。急に仕事が立て込んじゃってね、うちからだと大変なもんで」

「お住まいは○○県なんですね」

話によると、杏子の自宅は近県にあり、夫と子供のいる家庭の主婦だった。普段は自宅から出勤しているが、この先一週間ほど連続してピストン輸送しなければならない仕事が入って、拠点としてメゾン・コンソラシオンがちょうどいい場所にあったため、部屋を借りたいのだという。

しかし、家庭の主婦が一週間も家を空けて大丈夫なのだろうか。ヒモ亭主から逃げてきた千波の一件もあり、速人は人妻事情に敏感になっていた。

「杏子さんのお仕事に理解のある旦那さんなんですね」

遠回しに探りを入れると、杏子は言った。

「理解も何も、しょうがないじゃない。仕事なんだから。そこはお互い様よ――。まあ、とはいえ、子供の世話とか何とか、いろいろ手伝ってくれてはいるけどね」

彼女の口ぶりからすると、どうやら家庭は上手くいっているようだ。だが、今回の逗留《とうりゅう》には、その辺りも関わっているらしかった。

「ちょうどその時期に、旦那が子供を連れて九州の実家に行っちゃってるのよ。まったくタイミングが悪いっていうか」

「それは大変ですね」

「そうなの。イヤんなっちゃう」

杏子は言いながら、アップにした茶髪の前髪を撫でつけた。仕事柄か、卵形の顔も小麦色に灼《や》けている。

「ほら、わたしの仕事って相手ありきじゃない。その日の配送先によって、帰れる時間も早かったり遅かったり、まちまちなのよ。それでいつもなら旦那が家でお風呂を沸かしておいてくれるんだけど、この状況じゃそうもいかなくてねえ。どうしようかと思ってた矢先に、栗栖ちゃんに出会ったってわけ」

「そうでしたか――」

話に不審な点はどこにもない。杏子は定職もあり、家庭も円満なようだった。速人は心の中で良い客を紹介してくれた栗栖に感謝する。

「では、早速なんですけど、お部屋にご案内したいと思うのですが」

「あら、そう？　助かるわ」

それから速人は彼女を一〇三号室へと案内する。すでに二〇一号室は菜摘が入室しているため、生活時間帯の異なる住人同士を離そうという配慮だった。

カードキーでドアを開け、店子を先に上がるよう促す。

「どうぞ。最低限の家具家電は揃っているので、すぐに生活できます」

「わあ、本当。ステキな部屋じゃない」

杏子は感嘆の声をあげて、室内を見回す。リビングにはテーブル、ベッド、テレビが備え付けられ、キッチンにはすぐに料理できるくらいの設備が整っている。

速人にとっては、大家として最も気分の良い瞬間だ。

「キッチンには冷蔵庫の他に、電気ポットやレンジもあるので、ご自由に使ってください。あと、ここにあるお茶は入室いただいた方へ、僕からのサービスです」

電気ポットの脇にはお茶のパックが置かれ、オーナーからの簡単な歓迎メッセージが添えてある。栗栖のアドバイスで追加したものだ。こうしたさりげない気遣いが、女性には喜ばれるということだった。

案の定、杏子も感激したようだった。

「まあ、ずいぶん気が利《き》いているじゃない。あなた良いお婿さんになれるわよ」

「……あ、よかったら一杯入れましょうか」

速人は照れ隠しで言ったつもりが、なおさら彼女の琴線《きんせん》に触れたようだった。

「だったら、わたしが入れてあげるから、大家さんはそこに座っててちょうだい」

「いや、しかし……」

「いいから。明日からはもうわたしの部屋なんだし、そうしたらお客さんでしょ」

杏子の強引な勧めに従い、速人はリビングで待つことにする。

「すぐ入れるからね」

「すみません」

それにしても、賃貸商売というのは不思議なものだ。今朝まで自分の所有する部屋だったはずが、もう他人の住居になっている。

ふとキッチンを見れば、杏子が流しに向かってお茶を用意している。鼻歌交じりでいそいそと支度する姿は、家庭の暖かみを感じさせてくれた。

だが、速人はこの情景に別の一面も見ていた。杏子が急須からお茶を注ぐ際、前屈みになったために尻を突き出す恰好になったのだ。

（ごくり……）

作業着越しにもわかる、人妻のむっちりとした尻。彼は思わず生唾を飲む。あの尻に顔を埋めてみたい。

すると、杏子が背中越しに話しかけてきた。

「本当に明るくていい部屋ね」

「ありがとうございます」

淫らなことを考えていた速人は慌てて答える。

そんなこととはつゆ知らず、杏子がこちらに振り向く。

「はい、入ったわよ」

「恐れ入ります」

杏子は二つの湯呑みをテーブルに置き、自分も腰を下ろした。

「いっそのこと、わたしも独りになって、ここに住んじゃおうかな」

大胆な発言に、速人は飲みかけていたお茶を思わず噴きこぼしそうになる。

「い、いやそれは――」

「それで大家さんを襲っちゃうの」

杏子はテーブルに肘を乗せ、探るような目で彼を見つめた。

もちろん冗談だとわかっている。しかし、彼女が身を乗り出したときに、襟元が崩れて一瞬覗いた柔肌が、速人の網膜に突き刺さる。

彼は危うく理性を取り戻し、大家の顔になった。

「もう、からかわないでくださいよ」

「冗談よ、冗談。でも、今の大家さんの顔、可愛かったわ。わたしが独身だったら、本気で好きになっちゃってたかもしれない」

こうして一服すると、まもなく杏子は帰っていった。彼女が入居するのは明日からだ。速人は自室で事務処理をしながらも、気付けばつい杏子とのあらぬ妄想を抱いてしまうのだった。


翌早朝、杏子はトラックで現れ、身の回りのものを部屋に置いて、そのまま仕事へ向かったらしい――というのも、速人はまだその時刻は寝ていたため、その後届いたメールで知ったからだ。

ともあれ、その日もいつも通りの朝だった。速人が朝食の後、アパート前の掃き掃除をしていると、菜摘が「出勤」してくるのに出くわした。

「東堂さん、おはようございます」

「おはようございます。今日もいいお天気ですね」

「ええ。風もなくて」

「こんなにいいお天気なのに、企画が大詰めで全然外に出られないんですよ」

「はあ。そう言えば、最近ずっと部屋にいらっしゃいますもんね」

「そう言う田川さんも、お出かけにならないんですか？」

「ええ。まだ新米大家ですから、やらなきゃいけないことがたくさんあって」

「でも、そのおかげでここの家も、いつも清潔にしてくださっているから。住む者にとってはありがたいことですわ」

「いやあ、まだまだです」

「じゃ、わたしはこれで。失礼します」

「お仕事、頑張ってください」

菜摘はにこやかに会釈すると、自分の部屋に上がっていった。

何気ない、日常の一コマであった。だが、速人は喜びで胸の膨らむ思いがする。凛《りん》とした菜摘の美しさには、見る者の気持ちも爽やかにしてくれる浄化《じょうか》作用のようなものがあった。今日は何かいいことがありそうだ。

同じ日の昼下がりには、杏子から電話がかかってきた。

「今朝は挨拶できなくてごめんね。急いでいたもんだから」

「いいえ、僕もまだ寝ていましたから」

「それで、悪いんだけど例のこと――」

「わかっています。お風呂ですよね」

入居時の契約条件として、彼女は帰宅前に風呂を沸かしておいてほしいと希望したのだ。速人も承知していたので、まったく問題はない。

「そう。今日はたぶん七時か八時には帰れると思うの」

「やっておきます。運転にはお気をつけて」

「ありがとう。手間をかけた分は、ちゃんとお礼させてもらうから」

杏子は取り急ぎそれだけ言うと、電話を切った。

そうこうするうち夕方になった。時計を見て気付いた速人はマスターキーを持ち、一〇三号室へと向かう。

「失礼しまーす」

住人は不在だが、一応声をかける。本人に頼まれたとはいえ、女性の留守宅にお邪魔するのは、どこか背徳感を覚えてしまうものだ。

速人はまず風呂場へ向かい、お湯を溜め始める。真っさらの湯船はピカピカだった。杏子にはここで思う存分、一日の汗を流してほしい。

それから彼はリビングに行き、照明を点ける。エアコンの暖房を効かせ、住人が帰ってきたときに部屋を暖かくしておくためだ。

「これでよし、と——」

あとは風呂が溜まるのを待つだけだ。

ところが、そのとき彼の目に留まるものがあった。杏子の荷物だ。

恐らく朝は忙しく、慌てて出ていったのだろう。大きなスポーツバッグが二つ、ジッパーは開いたままで、中の荷物が散乱している。スキンケアなどの化粧道具があるところを見ると、豪放磊落《らいらく》な彼女もやはり女性なのだとわかる。

だが、それ以外が問題だった。一週間の滞在ということで、荷物の大半は着替えの服だった。それも、仕事では作業着があるから、ほとんどは下着類だ。

「マジか……」

速人が部屋に入ることは、彼女もわかっているはずだった。あるいは、彼のことなどあくまでアパートの大家としてしか認識しておらず、まるで気にしていないのだろうか。

だがしかし——、思い出すのは杏子が初めて訪れたときに言ったことだった。

「それで、大家さんを襲っちゃうの」

あれはたしかに冗談ではあった。速人もそう理解したはずだ。それでも現に人妻のランジェリーを目にすると、冷静ではいられなかった。

杏子は思いのほか、派手な色の下着を好んでいるらしい。仕事着が地味なための反動だろうか。ワインレッド、黒、ショッキングピンクなど、どぎつい色彩のブラジャーやらパンティーやらが目に突き刺さった。

「ふうぅーっ……」

速人は思わず手が伸びそうになるが、すんでのところで思いとどまる。彼女は大家の彼を信頼して任せているのだ。こちらもその信頼に応えなければなるまい。

杏子が仕事から帰ってきたのは、夜八時頃だった。自室にいた速人は、敷地に入ってくる足音で気がついた。早朝からよく働く女性だ。

その三十分後、彼女が一〇一号室を訪ねてきたのだ。

「今日はありがとうね。おかげでいいお湯だったわ」

風呂上がりの杏子はさっぱりした顔で現れ、手にした紙袋を掲げてみせる。

「これ、今日行った先で買ってきたの。お土産《みやげ》」

「いえ、そんな。気を使わないでください」

速人は恐縮するが、彼女に押しつけられるようにして土産物を受け取った。和菓子らしい。約束通り履行《りこう》しただけなのに、義理堅い女性だ。

玄関先に佇む杏子は濡れ髪を後ろに束ね、タンクトップにショートパンツというラフな恰好をしていた。いくら風呂上がりとはいえ、このままでは冷えてしまう。

「あの——、もしよかったら一服していきませんか。いただいたお菓子もあるし」

気付くと彼は部屋へ上がるよう誘っていた。彼女の義理堅さに心を打たれたのもあるが、その心の奥には、「もう少し彼女とお近づきになりたい」という気持ちも少なからずあった。

「そう？　じゃあ、ちょっとだけお邪魔しようかしら」

すると杏子は屈託なく答え、サンダルを脱ぐ。夜分に独身男性の部屋へ上がることに対し、何の抵抗もないらしい。

「すぐに温かいお茶を入れるんで、そっちで寛《くつろ》いでいてください」

「悪いわね。そうさせてもらう」

一日働いて疲れているだろう杏子をリビングに通し、速人はいそいそとキッチンで湯を沸かし始める。彼女の部屋で見た派手なランジェリーが脳裏に浮かび、胸の高鳴りを抑えることができない。

まもなく熱いお茶を持って、速人はリビングへ戻る。

「どうぞ。熱いですから気をつけて」

「ありがとう。大家さんって親切なのね」

杏子は言うと、熱いお茶をズズッと啜る。

「あー、美味し。生き返るわぁ」

「お疲れみたいですね」

「仕事は……まあ、忙しいには忙しかったけどさ。いつものことだし、慣れているわよ。ただこうして家に帰って、温かいお風呂に入ってひと息つくと、『あー、今日も頑張ったな』って、ホッとしちゃうのかもね」

「なるほど――」

適当に相槌を打ちながらも、速人は彼女をまともに見られなかった。三十五歳の人妻は、小柄だが肉付きのいいボディをしていた。タンクトップの胸元は緩く、わがままな膨らみの日焼け跡が目に眩《まぶ》しい。

「そうだ。どうせなら一杯付き合ってくれない？」

杏子が思い立ったように言い出し、おかげで速人の気詰まりも緩んだ。

「いいですね。ビールならありますよ」

「やった。冷蔵庫に残り物はある？」

「ええと、ちょっとした野菜とかそんなものなら――」

「なら、わたしがちゃちゃっと適当なおつまみ作ってあげる」

速人が遠慮する間も与えず、彼女はキッチンに立って冷蔵庫を物色する。

「やだあ、笹かまもあるじゃない。わたし好きなのよ、これ」

「あるもの何でも使ってください」

「オーケー。ちょっと待っててね」

そう言って、彼女はいそいそと料理をし始める。

「大家さん――って、いつまでも他人行儀だわね。名前なんだっけ？」

「田川です」

「じゃなくて、下の名前よ」

「あー、速人。速度の速いに人で、速人です」

「速人くんね。恰好いい名前じゃない」

お喋《しゃべ》りしながら料理する杏子は、さすが家庭の主婦だけあって手際がよかった。

だが同時に、速人の目に映るのは、人妻のプリプリした尻だった。ホットパンツの丈が短く、サイズがピッタリなので、尻の際まで見え隠れしているのだ。

「ねえ、速人くんは辛いの平気？」

「あ、はい。大丈夫です」

「じゃあ、七味をかけて――と、出来上がり」

あっという間に杏子はつまみを二品ほど作り、再びリビングに戻って缶ビールで乾杯となった。

「では、今日も一日頑張ったご褒美に」

「お疲れさまでした」

「あと、速人くんとの出会いも祝って。かんぱーい」

缶を掲げると、杏子は美味そうに喉を鳴らしてビールを飲んだ。

速人も後を追って飲み、彼女が作ってくれた料理に手をつける。

「うわ、これ美味い。ビールにピッタリですね」

簡単な炒め物だが、味付けが絶妙だ。トラックを乗りこなす豪快さと、女性らしい繊細さのギャップに改めて好感を抱く。

よほど喉が渇いていたのか、杏子の飲むピッチは速かった。

「ところでさ、速人くんは何歳だっけ」

「二十五です」

「若いわねえ。付き合っている女の子とかはいるの？」

「いえ、全然。縁がないみたいで」

「えー、モテそうなのに。だったら、溜まっちゃったときはどうしてるのよ」

まだ酔っているようには見えないが、杏子はあけすけに下半身事情を訊いてきた。

速人はたじろぎながらも答える。

「いや、どうしてるっていうか……」

栗栖とは特殊な事情下でのことだし、千波はもういない。要するに、現在はフリーというわけだった。おのずと速人の目は、人妻の谷間に吸い寄せられてしまう。

「もったいないわよ。好き放題できるのは、若いうちだけなんだから」

心なしか、杏子の目が妖しく輝いたように思われた。

一方、速人は理性との葛藤に苦しんでいた。抱いたら心地よさそうな体だ。しかし相手は人妻だった。それも、千波などとは違い、円満な家庭の主婦なのだ。

すると、杏子がふいに脚を伸ばして、両手で太腿を擦り始めた。

「あー、筋肉が張っちゃってしょうがないわ」

独り言のように言いながら、マッサージを続ける。彼女が手を伸ばし、前屈みになるたびに、たわわな実りが挑発的に揺れた。

誘っているのだろうか。速人は鼓動を高鳴らせながらも、気がついていないフリをした。さほど飲んでもいないのに、頭がカアッと熱くなる。

すると、杏子が言った。

「最近、こっちの方も凝《こ》っちゃってるのよね」

体を起こすと、今度は乳房を持ち上げるようにし始めたのだ。

みるみるうちに速人の股間は熱を帯びていく。

「ねえ、悪いんだけど、マッサージしてくれない？」

妙齢の人妻に窺うような目で言われては、拒むことなど考えられない。

速人は立って、促されるまま杏子の背後に腰を据えた。

「そう。後ろから脇に手を入れて——」

「こ、こうですか？」

速人は恐る恐る両手で人妻に触れる。だが、あくまでマッサージを頼まれているという意識が邪魔して、脇腹の辺りを手のひらで何となく擦る感じになった。

すると、杏子は身を捩る。

「やだあ、くすぐったいじゃない」

「あ、ごめんなさい」

「んもう。じゃなくて、もっと上の方。オッパイを持ち上げるようにして」

「はい……」

杏子の髪からシャンプーの匂いがした。すでに速人の股間はテントを張っている。

少しずつ手の位置を上げていき、言われたとおり下乳に手をあてがい、円を描くようにしてマッサージし始めたが、なんとオッパイはノーブラだった。

「ん……ふうっ」

とたんに杏子がなまめかしい吐息をつく。

「もっと上の方も……んっ。おっぱいが重くて、肩が凝ってるの」

「は、はい」

「あんっ、上手。遠慮しなくていいのよ」

人妻の手が、焦れったそうに彼の手を覆って愛撫を促してくる。

「ほら、先っぽが尖ってるのがわかる？」

「う、うん……」

「もっとエッチに触っていいのよ」

「ハアッ、ハアッ」

速人は欲情していた。杏子の乳房は水気を含《ふく》んで重く、揉みしだくと弾《はず》むように指を跳ね返してくる。

杏子の息遣いも荒くなりだした。

「んんっ……ふうっ。だいぶほぐれてきたみたい」

「真崎さん、俺――」

「だめよ、杏子って呼んで」

「杏子さん……」

「んふ、速人くんのここも、凝《こ》ってきたみたい」

彼女は言うと、後ろ手に肉棒をつかんできた。

速人は呻く。

「ぐふうっ、そこは」

「やだあ、もう大きくなってきてるじゃない」

スウェットの上から人妻の手が、半勃ちの逸物を愛おしそうに擦《こす》りたてる。

「ううっ、杏子さんっ」

「速人くんもエッチな気分になってきた？」

「……う。え、ええ」

「わたしも――」

すると、ふいに杏子が振り返り、速人の口を塞いできた。

「んふうっ」

「ふぁう――」

歯の間から、人妻の熱い舌がねじ込まれてくる。股間への刺激も相まって、速人は夢中でむしゃぶりついた。

「杏子さん、エロ……」

「速人くんの感じてる顔、可愛いわ」

「むふうっ――レロッ、ちゅばっ」

むっちりした体を押しつけられ、速人のリビドーはいきり立つ。

いったん火のついた杏子を押しとどめるものは何もない。

「ああん、そんな一生懸命な顔されたら、止まらないじゃない」

自分でも制御が利かないといったように、彼女は抱きついた勢いのまま速人を押し倒してきた。

「ああっ」

「ぐふうっ」

幸い床にはラグマットが敷かれている。速人は仰向けになった。

覆い被さった杏子は息を切らし、自らタンクトップを脱ぎだした。

「もう、こんなの邪魔だわ」

脱いだ勢いでノーブラの乳房がぶるるんと揺れ、ツンと澄ました乳首が二つ現れた。

「見て。こんなに張っちゃってるのよ」

「ああ、すごい」

「オッパイ好き?」

「う、うん……」

「触りたい?」

からかうように訊ねる杏子だが、彼の答えを聞く前に、自分が我慢できなくなったようだ。

「ああん、可愛い子。挟んじゃう」

彼女は言うと、おもむろに身を伏せて、乳房を顔面に押しつけてきた。

「むふうっ……」

視界を塞がれる速人。しっとりとした人妻の肌が頰を包み、幸福な二つの重みが顔を覆う。

「ほら、こっちも──」

杏子は彼の手を引き、自分の股間へと導いていく。

「わたしのも触って」

「うふうっ、杏子さんの……」

導かれる指先が草むらに触れ、やがて湿った部分に辿り着く。

「あっふう」

とたんに杏子は甘い声をあげた。

指を進めると、割れ目は濡れた道を開けていく。ぬめりがとめどなく溢れ、絡みついてくるようだ。

「ふうっ、ふうっ」

「あっふ……ダメ。ああっ、もっとクチュクチュしてぇっ」

杏子は多情な女のようだった。あるいは最初からそのつもりで部屋を訪ねてきたのかもしれない。

だが、淫らな宴はまだ始まったばかりだった。

「速人くん。ねえ、わたしのオマ×コ見たい？」

「ぐふうっ、うう……」

乳房に塞がれた彼は呻くが、返事はそれで充分なようだった。

ふいに杏子が起き上がり、視界が開ける。

「じゃあ、パンツ脱いじゃうから」

彼女は言うと、手早くパンティーを脱ぎ去った。

「ほら、これでもう丸見え。近くで見せてあげる」

速人がどうするか見守っていると、杏子は顔の上に跨がってきた。

「ああ、すごい。ビチョビチョだ」

目の前には濡れそぼる媚肉があった。仕事柄、小麦色に灼けた顔と腕に対し、服に隠れている肌は白い。そのコントラストは目に眩しく、リアルで生々しい色香を放っていた。

見下ろす杏子の目が妖艶に輝く。

「わたしが今、何をしたいかわかる？」

「チ×ポが欲しい？」

「うーん、合っているけどちがう」

「なら、どうしたいの？」

「こうしたいの――」

睦言《むつごと》を交わすと、彼女はいきなり顔の上に座ってきた。

「ぐふうっ」

「ああん、速人くぅん」

顔面騎乗だ。杏子は遠慮なく体重を乗せ、媚肉を押しつけてくる。

「むふうっ、ふうっ」

速人は苦しかった。花弁が鼻や口を覆い、牝汁が塗りたくられる。淫臭に包まれ、呼吸がまともにできなかった。

杏子が喘ぐ。

「ああん、オマ×コ、どうなってるぅ……？」

「あ、熱くてトロトロしてる……。んぱっ、ちゅろっ」

速人はなんとかして口を開き、舌を伸ばして女陰を舐める。

「おつゆがいっぱいだ――」

「だってぇ、今日はずっと速人くんのことを考えていたのよ」

なんと彼女は最初からその気で訪ねてきたらしい。

「本当に……？」

それを聞いた速人は、頭がカアッと熱くなる。一〇三号室で人妻の下着に欲情した記憶が蘇ってきた。

「実は、俺も――」

情欲が高まり、彼は思いきり顔を左右に振った。

「びしゅるるるっ」

「んあああーっ」

杏子は身悶え、太腿で顔を挟み付けてきた。

「はひぃっ、ダメ……。舐められると、奥がうずいてきちゃった」

彼女は言うと、体の上で向きを変え、尻を顔に押しつけてくる。

「むふうっ、杏子さん……」

ぬめらかな肉ビラが再び速人の目鼻を覆う。

だが、下半身では別のことが起きていた。杏子が肉棒を咥えてきたのだ。

「おっきいオチ×チン——びちゅるっ」

「ぬはあっ」

太竿が粘膜に包まれ、速人はたまらず仰け反った。

シックスナインが始まった。

「レロッ、ちゅぱっ、みちゅううっ」

「はうっ……あんっ、ちゅぱっ」

「杏子さんのオマ×コ、ビチョビチョですごい」

「速人くんのも硬くて——美味しいわ」

「ああっ、杏子さんっ」

「んんっ、速人くぅん」

互いの性器を貪るさまは、真剣そのものだった。大家の速人は店子の帰りを待って下着で欲情し、杏子は杏子で運転手の仕事をしながら、若い大家と一夜の契《ちぎ》りを交わすことを楽しみにしていたのだ。

なんていやらしい奥さんだろう。

「杏子さぁん——」

たまらず速人は媚肉に顔を埋める。

「びちゅるるるっ」

人妻のジュースが生温かく喉を潤《うるお》した。捩れた花弁が鼻にまといつき牝臭を放つ。

彼は懸命に舌を動かし、他人の妻を味わった。

フェラチオする杏子も夢中だった。

「んんっふ、じゅるっ、じゅるるるっ」

荒い息を吐きながら、顔を上下していた。唇は陰茎を咥え込み、頬をすぼめて吸引力で男を刺激する。

「美味しい——オチ×チン、好き」

よほどの好き者らしい。不倫しているにもかかわらず、ペニスを貪る杏子には暗い影がなかった。

「ハアッ、ハアッ。レロッ……」

速人はクンニしながら思いを馳せる。彼女は普段からこんなに激しいセックスをしているのだろうか。だとしたら、羨ましい夫だ。

すると、ふいに杏子がしゃぶるのを止めた。

「ぷはあっ——ああ、もう我慢できないわ。あなたが欲しい」

彼女は言うと、また向きを変えて跨がってくる。

仰ぎ見る速人は言った。

「本当にいいんですか?」

口に出してしまってから、「しまった」と思うが後の祭りだった。せっかく盛り上がっているのに、余計な水を差すとはこのことだ。

ところが、杏子は気にしていないようだった。

「大丈夫よ。言わなきゃ絶対にバレるわけないんだから」

それどころか、彼を安心させるようなことまで言って励ましてくれるのだ。なんていい女なのだろう。

速人には、彼女が理想の女性に見えてきた。

「ああっ、杏子さん――」

ふいに腰の上に乗った媚肉が、裏筋に擦りつけられる。熱く濡れた人妻スマタに、速人は呻き声をあげた。

「もうオチ×チンを挿れる覚悟はできた？」

「もちろん。ああ俺、もう我慢できないよ」

速人は腰をゆすりたて、人妻の熱い内唇により強く裏筋を押し付ける。

「そうみたいね――」

杏子はほくそ笑み、硬直した肉棒を逆手につかんだ。

「もうこんなにカチカチなんだもの」

「ううっ……」

二度三度扱かれて、思わず速人が呻く。

杏子は股間を覗き込むようにしながら、慎重に太竿を花弁へと導いた。

「んああっ」

「おうっ」

敏感な粘膜同士が触れ合い、男女ともがビクンと震える。

杏子はゆっくりと腰を沈めていった。

「あああ……きた」

ウットリとした表情を浮かべ、熱い湯に入るように慎重に腰を落としていく。小柄でグラマラスなボディがきらびやかに輝いている。

「おうっふ」

「おおっ……」

気付くと肉棒は根元まで呑み込まれていた。人妻のふっくらした土手が、青年の恥骨にキスするように押しつけられている。

やがて杏子が尻を上下し始める。

「うふうっ、あんっ、ああん」

ぬちゃっ、くちゃっ、と湿った音を立て、花弁は肉棒にしゃぶりつく。

挿入の悦びが速人の全身を包んだ。

「うはあっ、ううっ。気持ちいい」

「わたしもよ……あふうっ、イイッ」

杏子はうれしそうに笑みさえ浮かべ、たっぷりした肉を揺らした。彼女が腰を落とすたび、乳房がぷるんと揺れた。

ぬめりに舐められ、太竿は快楽に喘ぐ。

「ハアッ、ハアッ。杏子さん……」

このままなだらかに昇り詰めていきそうだった。リズムは安定していて、快楽に不足などなかった。

しかし、この好き者妻のポテンシャルはここで終わりではない。

「速人くん――？」

ふいに呼びかけてきたかと思うと、グッと腹に力を入れるようにしたのだ。

とたんに膣道が肉棒をきつく締めつけてきた。

「ぐはあっ……」

「どう？　これ」

「ああ、気持ち――ヤバいですって、そんなに締めつけられたら」

「ヤバい？　それ、気持ちいいってこと？」

「そうです。気持ちよくて……ぬおっ」

「こうすると、わたしもすごく感じるのよ」

どうやら杏子は自由自在に膣を締めたり緩めたりできるらしい。生まれつきのものなのか、あるいは訓練の賜物《たまもの》なのかは知らないが、受ける男からすれば、うれしくも悩ましい高等テクニックだ。

若い速人などイチコロだった。

「うはあっ、ああっ、締まる」

「んああっ、わたしも。ぎゅんぎゅんきちゃう」

杏子は上で腰を振り、容赦なくペニスを責め立てる。

「うわあっ、ダメだ。出ちゃいます」

「いいわ。わたしもイクから。一緒にイこう」

彼女は言うと、ピッチを上げた。

「あああっ、んあああーっ、イイッ」

前屈みになって腕をつき、尻だけを小刻みに動かしたかと思うと、今度は身を起こして身体ごとうねるように腰をくねらす。その動きが肉壺をきゅうきゅうと締めつけさせていた。

肉棒は擦られ、熱い塊がこみ上げてくる。

「ううっ……っくう」

「あんっ、あああっ、イッちゃう」

快楽に歪む人妻の顔がいやらしい。速人に限界が訪れる。

「ああうっ、出るうっ！」

「あんっ」

大量の白濁液が膣内に注ぎ込まれた。立て続けに杏子が果てる。

「はひぃっ……イクううーっ！」

目を閉ざし、顎を持ち上げて、背中を反らすようにして絶頂した。

その反動でさらに肉棒は搾り取られる。

「ぐふうっ」

「んああっ」

杏子は男の精を味わい尽くすようにグラインドを収めていく。そしてついにすべてが終わった。

「ふううっ」

長々と息をつくと、彼女はガクリと脱力し、その勢いで結合が外れた。

「あああっ」

「おうっ……」

凄まじい快楽で、速人は仰向けのまましばらく動けなかった。

一方、杏子も床に身を投げ出したきり、苦しそうに呼吸を整えている。

いた。

「ああ……久しぶりにイッちゃった」

「久しぶりなんですか」

「そうよ。普段は疲れちゃって、あんまりしないもの」

彼女は言うと、大儀そうに起き上がる。脚の間からは、白い欲悦の跡《あと》が筋を引いていた。

「もう帰るんですか」

速人が問うと、杏子は下着をつけながら答えた。

「ええ。明日も早いからね」

終わった後の彼女はさっぱりしたものだった。さっきまであれほど身悶えていた人妻とは思えないほどだ。

「じゃあ、また明日よろしくね」

「はい。お休みなさい」

それだけ言うと、杏子は自室に帰っていった。

一人残された速人は、すこしの寂《さび》しさと不思議な安堵《あんど》を覚えていた。杏子ともう少し一緒にいたかった反面、二階の菜摘が自宅に帰った後で不在だったことにホッとしているところもあった。それに杏子とは、これで終わりとは思えなかったのだ。

　翌日、杏子は昨日より早く帰れそうだと連絡してきた。

「六時までには帰れそうなのよ」

「そうですか。じゃあ、その時間に合わせて風呂を沸かしておきます」

「お願い――。そうだ、今日はわたしが夕飯をご馳走するわ」

「え。でも……」

「いいから。帰りに買い物していくから、速人くんはお腹を空かせて待っていてちょうだい」

　こんな調子で夕飯を振る舞われることになったのだ。

　そして夕方、速人が自室にいると、杏子から「来ていいわよ」とメールが届いた。時刻を見ると、午後六時をすこし回ったところ。もう夕飯を作り終えたのだろうか。思ったよりも早い。

　速人はサンダルを突っかけて、一〇三号室を訪ねた。

「こんばんは。田川ですけど」

「はーい」

　インターフォン越しに返事があり、すぐに玄関ドアが開いた。

「待っていたのよ。入って」

作業着姿の杏子が腕を引き、彼を室内に引きずり込むように招じ入れる。

ふいを突かれた速人はつんのめりそうになりながら、何とかサンダルを脱いで部屋に上がった。

「どうしたんですか、ずいぶん慌てて」

「だって待ちきれなかったんだもの」

杏子は言うと、文字通りむしゃぶりついてきた。

柔らかな人妻の温もりが腕の中にあった。

「杏子さん──」

速人の鼓動が高鳴る。杏子のうなじからほんのり汗の匂いがした。仕事から帰ってからまだシャワーも浴びていないらしい。

だが、逸《はや》る杏子はお構いなしにキスをしてきた。

「速人くん、あなたのせいよ」

「何がですか」

「一日中、あなたのことを考えていたの。昨日のことが忘れられなくて」

彼女は思いを吐露《とろ》しつつ、唇を塞ぎ、舌を伸ばして貪ってくる。

人妻の激しさに速人は何とか応じながら、下半身が熱くなっていくのを覚える。

「杏子さんっ、俺も忘れられなかったよ」

玄関を上がったばかりのキッチンで、男女は絡み合う。杏子は普段の気っぷの良さを忘れ、欲情した牝と化して若い男の肉体を求めた。

「速人くん、あなたのに会わせて——」

彼女は言うとしゃがみ込み、おもむろに彼のズボンを引きずり下ろす。

パンツごと脱げた股間には、勃起した逸物がそそり立っていた。

「ああ、この匂い。欲しくてたまらなかったの」

杏子は希少な品であるかのように肉棒を手に乗せて、胸一杯に蒸れた男の匂いを吸い込んだ。

「ううっ、杏子さん……」

為《な》す術《すべ》もなく、速人は仁王立ちで人妻の行為を眺めている。なんて淫乱な熟女だろう。トラック運転手の仕事をしながらも、今日は一日中彼のペニスのことを考えていたというのだ。

その証《あかし》とばかりに彼女は舌を出して亀頭をねぶってきた。

「あんっ、美味し——」

「はううっ」

思わず身震いする速人。さらに杏子は肉棒を持ち上げ、裏筋を舐めていく。

「オチ×チンの裏っかわを舐めちゃう」

「ぐふうっ、そこは……」

このとき速人もシャワーは浴びていない。すなわち一日活動し、汗もかいて汚れたペニスだ。しかし杏子はためらうことなく、口を開いて肉棒を丸呑みにした。

「はむ——びちゅるるっ、うふーん」

「うはあっ、ヤバ……そんなに奥まで」

「んふうっ。だってぇ、速人くんのオチ×チンが美味しいんだもん」

杏子は上目遣いに男の反応を確かめながら、じゅっぽじゅっぽとフェラチオした。

即尺の愉悦に速人は昂ぶる。

「ハアッ、ハアッ。いやらしいよ、杏子さん」

「可愛いオチ×チン。毎日でもしゃぶってあげたくなるわ」

「ああ、俺も——杏子さんが毎日しゃぶってくれたら」

「速人くんはいい子ね」

睦言を交えつつ、杏子のストロークは激しさを増していく。

「びじゅるっ、じゅぽっ、んぱっ」

「ハアッ、ハアッ、ううっ」

「美味しい。どんどん硬くなっていくの」

「うああ、だって……あうっ、そんなに吸われたら」

人妻は口中に唾液を溜め、わざと淫らな音を立てて吸った。

「このオチ×チンが大好き。わたし専用のオモチャにしたいわ」

「ぐはああっ、杏子さぁん──」

容赦ない口舌愛撫に速人は呻く。もう限界だ。

杏子は夢中になってしゃぶり続けた。

「ぐじゅるっ、じゅるるるるっ」

「あっ……あああっ、ダメだ。出るっ」

射精は全くの不可抗力だった。我慢しようにも杏子のフェラチオがあまりに激しかったのだ。白濁は遠慮会釈なく口中に放たれた。

「ううっ」

「ぐふうっ……」

突然のことに、さすがの杏子もわずかに喉を鳴らしたものの、吐き出すことなく男の精を全て呑み込んでしまう。

「んぐ……。ふうっ、たくさん出たのね」

「ハアッ、ハアッ、ハアッ。すみません、つい」

一方、速人はしばらく呆然としたままだった。かろうじて立ってはいるが、膝がガクガクして今にも崩れてしまいそうだった。それほど気持ちよかったのだ。

その間にも杏子は口を拭《ぬぐ》い、ゆっくりと立ち上がっていた。

キッチンで向かい合った二人。約束していた夕食の準備はしていないようだが、即尺口内発射で火のついた速人には気にならなかった。

「杏子さん――」

「なあに、速人くん？」

肉感的な人妻がトロンとした目で問い返してくる。作業着姿が妙になまめかしく感じられた。

それから二人は示し合わせたかのごとく、リビングへと移動する。

「杏子さんも、まだ気持ちよくなりたいよね」

「ええ。いっぱい愛してくれる？」

「杏子さんっ」

速人が押し倒した先はベッドだった。

「あんっ、きて。こんなもの脱がせて」

倒れ込みながら、杏子は再び燃え上がる。自ら作業着のジッパーを下ろし、諸肌《もろはだ》を露《あら》わにしていったのだ。

速人も慌てて上を脱ぎ、全裸になる。そしてふんわりした人妻の体にダイビングするように覆い被さった。

「きれいだ、杏子さん」

彼は口走りつつ、熟妻らしい下腹部に舌を這わせて舐めあげる。

杏子がいなないた。

「ああん、エッチな速人くん」

「杏子さんの体、美味しいよ」

作業着の下の体は汗ばんでおり、すこし塩《しょ》っぱかった。寒い冬でも一日働いてきただけあって、ボディーソープの香りとともに、もっと動物めいた牝の匂いが鼻の奥に感じられる。

「ハアッ、ハアッ、じゅぱっ」

「あううっ、ああっ」

唾液の音が鳴るたびに、杏子はビクンと体を跳ね上げた。人妻の肉感的なボディがのたうち、波打つ。

速人は片方の乳房を捕まえ、尖りに吸いついた。

「びちゅうぅぅ、ちゅぱっ」

「はひぃっ、イイッ……」

すると、杏子は彼の頭を抱きしめ、より一層押しつけようとした。

母なる乳房に顔を埋めた速人は幸せだった。

「ふうっ、ふうっ。ちゅぼっ」

しかし、その間にも右手は人妻の尻を撫でている。作業着の分厚い素材すらものともしない偉大なヒップだ。

「ぷはあっ……。杏子さんのお尻、スベスベだね」

「本当？　速人くんに褒められてうれしいわ」

「アソコも舐めたくなってきた」

「うん――。でも、汚れたままだわ」

「構うもんか」

彼は言うと、体を下にずらし、脚の間に収まった。

「すごい。ヌラヌラして光っている」

寛げられた媚肉は濡れ光り、濃密な香りを放っていた。指で触れると、ぬめりが糸を引いた。

頭上で杏子が鼻声を鳴らす。

「ああん、恥ずかしいわ。そんなにクンクンしないで」

そう言うが、帰宅して風呂も入らず襲いかかってきたのは彼女の方だ。恥ずかしいのは事実かも知れないが、それ以上に期待し興奮しているのがわかる。

速人も欲情していた。日がな肉体労働してきた女の局部は、蒸れて成分を凝縮させており、その匂いが彼の牡の部分を刺激してくるのだ。

「杏子さんっ」

たまらず彼は割れ目にむしゃぶりついた。

「びしゅるるるるっ」

「あっひぃ……んあああっ、速人くん――」

喘ぐ杏子は背中を反らせ、胸を迫り上げるようにして身悶えた。その拍子に新たな牝汁がどくどくと溢れ出す。

「ああ、杏子さん……」

芳香に包まれ、速人は目も眩むようだった。匂いに酔い痴れてしまいそうだ。それでも夢中になって舐め続けた。

「びじゅるっ、じゅぽっ、レロッ」

「ああっ、可愛い速人くん。オバサンのオマ×コを舐めて」

「ハアッ、ハアッ。杏子さんは、オバサンなんかじゃないよ」

「ああん、やさしいのね。もっと好きになっちゃう」

「杏子さんのオマ×コ、美味しいよ」

「そう？　あふうっ、ダメ。わたし、欲しくなってきちゃった」

杏子は挿入をねだった。彼としては舐め足りないくらいだが、股間にそそり立つ肉棒は準備万端なようだ。

「わかった」

速人が顔を上げると、彼女はおもむろに起き上がった。

「後ろからちょうだい」

杏子は言うと、自らベッドに四つん這いになる。

背後に回った速人は、偉大な尻たぼを両手で撫でた。

「このお尻が、いけないいんだ」

「え。お尻がどうかしたの？」

聞きとがめた杏子が顔を振り向ける。速人は言った。

「いや、その……。実は、初めて会ったときから、杏子さんのお尻が気になっていたものだから――」

今さら隠すこともないと思って白状すると、はたして杏子は喜んだ。

「まあ、それじゃあ最初から速人くんはそういう目でわたしを見ていたのね」

「いやあ、まあ……」

「照れなくていいのよ。だって、わたしこそひと目で速人くんのことが好きになっちゃったんだもの」

「杏子さん――」

「きて」

それぞれの思いを抱きながらも、二人の息は合っていた。ほんの数日前までは見知らぬ同士だった男女だが、肉体を交え、濃厚な時間をともに過ごすうちに、いつしか肉体的なリズムが同調するようになっていた。

「いくよ」

速人は怒張を構え、慎重に狙いを定める。

張り詰めた亀頭がぬぷりと花弁に埋もれていく。

「んあぁっ、きた——」

とたんに杏子は声をあげた。向こうを向いた顔の表情はわからないが、悦楽に浸っているのは感じられる。

気付いたときには、根元まで肉棒は突き刺さっていた。媚肉が柔らかく硬直を包み、かつ無数の細かい襞《ひだ》で竿肌をくすぐってくる。

「ハアッ、ハアッ。気持ちよくて、すぐにイッちゃいそうだ」

「わたしもよ。なんか昂ぶってしまって」

「それに、今日はなぜか昨日より締まっている気がする」

「生理前なの。エッチな気分になっているからかしらね」

バックでしばらく挿入したまま睦言を交わす。実際、締め付けは昨日より増しているようだった。

だが、ずっとこのままではいられない。速人はゆっくりと始動した。

「ううっ……っく。ハアッ、ハアッ」

肉棒を抜き差しするたび、じゅっぷじゅっぷと湿った音がする。

抽送を受ける杏子も感じていた。

「んああっ、うふうっ。ああっ、いいわ」

「中で擦られて——ううっ、吸い込まれそうだ」

「中でオチ×チンがどんどん大きくなっていくみたい」

「ああっ、杏子さんっ」

「ああん、お願い。もっときてぇ」

緩慢な抽送に痺れを切らし、杏子は尻を左右に振っておねだりする。

その衝撃がダイレクトに肉棒を揺さぶった。

「うはあっ、そんなことしたらダメだって」

「だってぇ、欲しいんだもん」

気丈夫な働く母親が、すっかり蕩けた牝と化している。その原因を作ったのが自分のペニスだとわかり、速人は奮い立った。

「うおぉっ、杏子さんっ」

両手で尻を支え持ち、彼は激しいピストンを繰り出した。

とたんに杏子が悦びの声をあげる。

「んあああっ、イイッ。すごいわ、速人くんっ」

「奥まで——ううっ、これで、どうだっ」

「あっひ……イイーッ。速人くんのが、奥に当たってる」

彼女は腕を突っ張り、顎を持ち上げていなないた。愉悦に全身の細胞が震えると言わんばかりに身悶えたのだ。

自《おの》ずと速人の腰の振りも速くなる。

「ハアッ、ハアッ、ハアッ、ハアッ」

「あんっ、イイッ。ああん、イイイッ」

いつまでもこうしていたかった。しかし、これまでの相互愛撫で肉棒はまたも爆発したがっていた。疾走する欲悦を理性で止められる者などいない。

「うあぁぁっ、杏子さぁん――」

後先など考えることなく、速人は猛然と突き入れる。

激しい抽送は、杏子の愉悦も高めていった。

「んあああっ、イクッ。イッちゃううっ」

「俺も。くあぁぁ、ダメだ……」

「イッて。わたしの中に全部出して」

「いいの？　イクよ、本当に」

「ええ。いいわ。一緒にイキましょう」

中出しの許可は、男の抑制《よくせい》しようという気力を打ち砕く。このとき速人も持続する意思を失った。

「ああ、もう出る――うううっ」

肉棒から煮えたぎるような熱液が、どっと吐き出される。射精の瞬間、彼は体内のものを全て吐き出したような気がした。

それに続くようにして、杏子もまた絶頂を迎えた。

「あっひ……イクうううっ、イイイイーッ！」

白濁を受け止めつつ、体をグッと縮めるようにして頂点を極めたのだった。人妻の日に灼けていない部分が桜色に染まり、愉悦に膣壁が震える。

その反動で肉棒に残った汁も絞り取られる。

「おううう」

最後の締め付けは速人にばかりでなく、杏子自身にも跳ね返ってきた。

「はひいっ――」

息を呑むように喘ぐと、彼女はイキ果てたのだった。突っ張っていた腕が崩れ、そのままうつ伏せになって潰れてしまった。

おかげで肉棒はぷるんと抜け落ち、混じり合った愛液にてらてらと照り輝いている姿を現した。

「ハアッ、ハアッ、ハアッ、ハアッ」

膝立ちのまま身動きできない速人。潰れた杏子も肩を震わせて、荒く息をしていた。

「ひいっ、ふうっ。ひいっ、ふうっ」

「杏子さん――」

普段は堂々とした年上の女性が、無抵抗に身を小刻みに痙攣《けいれん》させている。

そのギャップに昂り、速人もたまらず横臥して、顔を伏せた杏子に声をかける。

すると人妻はトロンとした目で顔だけ向けた。

「よかった……こんなに激しくイッたの、初めてかも」

「嬉しいです。もちろん俺も最高でした」

嘘偽りのない心情だった。速人は満足していた。やはり年上熟女との交わりはいい。

濃密な時間に感謝の念すら抱いていた。

ところが、まどろむ杏子には別の思いがあるようだった。

「そんなに良かったんなら、ねえ、もっとしない？」

「え……」

なんとまだヤリ足りないというのだ。彼女より十歳若いはずの速人だが、人妻の旺盛な性欲には舌を巻く。

　杏子の目は本気だった。

「すごいの、してあげようか？」

　彼女は言うと、ムクリと起き上がって彼の足下へと回り、艶然と微笑んだ。

「脚を高く上げてちょうだい」

「え？　どういう――」

「簡単よ。踵《かかと》をぽーんと蹴り上げて、つま先を天井に向ければいいの」

　要するに、足先を上げて身体がL字になるようにすればいいわけだ。

　だが、速人はしばしためらう。全裸でするのは少々恥ずかしかった。今まで散々痴態を繰り広げた後ではあるが、それとこれとは別だった。

「えーと、どうしてそんなことをするのか、さっぱり――」

　どっちつかずなことを言っていると、杏子はきっぱりと命じた。

「いいから。わたしの言うとおりにすればいいの」

「あ、はい」

　生来の肝《きも》っ玉母ぶりを見せつけられ、速人も即座に従った。

「そう、それでいいのよ。いい子ね」

杏子は言いながら、彼の脚を両肩に乗せて身構える。

ここに至り、速人も彼女が何をしようとしているのか理解した。

「せーのでお尻を持ち上げるのよ。下でわたしが支えるから」

「うん。わかった」

「いくわよ。せーの——」

チングリ返しは見事に成功した。速人は身体を折り畳まれた状態で、尻を天井に向けたポーズになっていた。

「つく。き、杏子さん、これ……」

「うふふ。速人くん、顔が真っ赤」

人妻が股の間から顔を覗かせ、青年のとまどうさまを愉しんでいる。

「でも、ほら。そんなこと言いながら、こっちは大きくなってるじゃない」

太腿と体の間から腕を回し、杏子は太竿を握った。

「ううっ、杏子さん」

「ほーら、こうするとオチ×チンと速人くんのエッチな顔が一遍《いっぺん》に見えるのよ」

彼女は卑猥な笑みを浮かべ、肉棒を扱く。

速人は身悶えた。

「はううっ、うぐっ……」

だが、さらに杏子は顔を伏せ、玉袋を口に含んだのだ。

「んぐちゅ。ちゅるっ」

「おほうっ、そんなとこまで」

「まだまだいっぱい溜まってるじゃない。元気なのね」

「ぐふうっ、だって――」

速人は呻き声を上げる。体を折り畳まれているせいで呼吸が苦しかった。だが一方では、羞恥と快楽が入り混じり、えも言われぬ愉悦がこみ上げてくるのだ。

「んふうっ、ちゅぶっ」

「ハアッ、ハアッ」

しかし、その後にさらなる至悦が待っていた。

杏子は片手で肉棒を扱き、口には陰嚢を含んでいた。そこへ空いた手の指に唾液をたっぷり絡ませたかと思うと、アヌスに指を押し入れてきたのだ。

尻への慣れない圧迫感で速人は唸る。

「むぐうっ。杏子さん!?」

「力を抜いて。ほら、ほぐれてきた」

すると、まもなく指が直腸へ侵入してきた。初めての体験に速人は重苦しい感覚に襲われる。

「ううっ、そんなとこ汚いよ」

「平気よ。どう？　気持ちいいでしょう」

三点責めだ。杏子は両手と口を駆使し、青年を責め立てる。トラック運転手を務める人妻が、いったいどこでこんな技を覚えたのだろう。

このままでは果ててしまう。焦《あせ》る速人は苦しい息の下で訴えた。

「気持ちいいけど……、杏子さんの中に挿れたい」

「もちろん。わたしも欲しいわ」

もっと執拗に責め立てられるかと思ったが、杏子は意外とあっさり譲った。恐らく彼女も自らの行為に興奮していたのだろう。

「わたしが上になっていい？」

「うん、わかった」

速人は苦しい姿勢からようやく解放され、脚を伸ばせる解放感に浸る。

すると、杏子はその上に跨がり、屹立したペニスを逆手に持った。

「本当言うと、さっきからすっごく濡らしちゃってたの」

そんなことを言いながら、ゆっくりと腰を沈めていく。

「あんっ」

「おうっ」

本人の言うとおり、割れ目は牝汁を大量に噴きこぼしていた。肉棒はぬるりと中へ滑り込み、蜜壺にすっぽりと収まった。

杏子は彼を見つめながら、尻を蠢かし始める。

「ああん、やっぱりこれよ。これが好き」

「ああっ、杏子さんっ」

「速人くんのオチ×チンが――んあああっ、もう離れられないわ」

人妻の顔は輝き、肉体は火照っていた。欲液に塗《まみ》れた結合部は、彼女が尻を動かすたびに、ぬちゃくちゃといやらしい音を立てた。

「あんっ、ああっ、んんっ」

「ハアッ、ハアッ」

一方、速人は息を切らせつつ、ひたすら快楽に身を委ねていた。フェラで一発、さらにバックで一発射精した後のことだ。スタミナを使い切った彼は、人妻の旺盛な性欲に呑み込まれていた。

やがて杏子のグラインドが激しさを増してくる。

「あっふ、ああっ、イイッ。あふうっ」

「ハアッ、ハアッ。ああ、杏子さん……」

「わたしもうダメ。すぐにイッちゃいそう」

「いいですよ。イッてください」

かく言う速人も限界だった。熱い塊が奥底から迫り上げてくる。

「あんっ、ああっ、イイイッ」

杏子の動きが上下から前後に変わっていく。額に汗を浮かべ、眉根を寄せて、クリトリスを押しつけてくるようにしたのだ。

「イクッ。んああっ、気持ちいいのっ」

「うああ、杏子さん、激しい――！」

「イイッ、イイイーッ、イックううっ！」

「うはあっ、出ちゃう」

杏子がアクメにいたる瞬間、激しい摩擦に肉棒も耐え切れず発射した。

「あひっ、すごいの――」

白濁を受け止めた杏子がたまらず仰け反る。

速人が慌てて追いかけようとするが、遅かった。人妻の体は速人の足の方へと倒れ込み、自ずと結合が解かれてしまう。

「おうっふ」

抜け落ちた衝撃に、果てたばかりの速人は呻く。

かたや杏子は膝を折り曲げたまま、どさりと仰向けに背中から倒れた。

「ああ、ダメ……」

そして次の瞬間、速人は見たのだ。人妻の割れ目から透明な潮がアーチを描いて噴き出していた。

「あはあぅっ、出るっ、出ちゃうぅぅ！」

「すごい……」

女が潮を吹くのを見るのは初めてだ。ほんの一瞬の出来事だった。見るうちシーツに濡れ染みが広がってゆく。

恥の噴水が股間から吹き出すなかで、杏子は顔を赤らめて首を振りたてる。やがて収まると、さすがの肉食系人妻も照れ臭そうにした。

「やだ。ごめんね、シーツを汚しちゃった」

「シーツは洗えばいいよ。いつもこんな風になるの？」

「いつもじゃないわ。こんなの人生で二度目よ」

それを聞いて、速人は何となく誇らしい気がした。一度目が今の亭主か訊ねたかったが、口には出さずにおいた。

杏子は股間から白濁を溢れさせながらも、すでに絶頂のまどろみから回復しているようだった。

「さてと、遅くなっちゃったけど、夕飯を作るとしましょうか」

「え。でも——」

「もちろん、シャワーを浴びてからよ。速人くんもお腹空いたでしょ」

それから二人は汗を流し、一緒に夕飯を作って食べた。

杏子は見た目通りにタフな女性だった。それからの五日間も同様なことが続き、予定通り一週間で彼女はアパートを引き払った。彼女が出ていった後、若いはずの速人はしばらく腰が立たなくなるほどだった。

(栗栖さん、いい人を紹介してくれたな)

速人は心から満足していた。会社を辞めて、アパートの大家になったのは正解だった。だが、意外な事態は思わぬところからやってくる。

第四章　演じる女

　その日は、冬には珍しいほど暖かかった。寒さ続きに凍える人々の心もホッとひと息つけるような、そんな穏やかな日だった。

　暮れ方、速人はアパートの庭を掃き掃除していた。連日の木枯らしで落ちた枯れ葉が、あちこちで溜まりを作っている。さほど広くもない敷地でも、ゴミ袋がすぐに一杯になった。

「キリがないな、こりゃ」

　速人はひとりごちながら、一杯になったゴミ袋を集積所に運んでいく。

　すると、塀の陰にひとりの女がうずくまっているのを見つけた。

（え。何なんだ、いったい――）

　思わず速人の足が止まる。毛のコートを着た髪の長い女は、しゃがんで時折外を窺っていた。何かに怯えているようにも見える。穏やかだった一日が、一気に不穏な様相を帯びていく。

どうやら若い女らしい。速人は意を決し、声をかけてみることにした。

「もしもし、どうかされましたか？」

すると、女は一瞬息を呑み、恐る恐る彼の方を振り向いた。

「ごめんなさい。ちょっと調子が悪くて」

一方、速人は固まってしまう。絶世の美女だった。顔は拳くらいの大きさしかないようだ。つぶらな瞳は妖艶な光を放ち、ぽってりした唇は何かもの言いたげに見えた。端整《たんせい》な顔立ちは、遠くからでもその人だとわかるだろう。

彼がものも言えず、見つめたままでいると、女はまた不安そうに目を伏せた。

「すぐに出ていきますから」

そう言って、立ち上がろうとする。

やっと我に返った速人は慌てて呼びかける。

「いえ、いいんです。俺——僕は、このアパートの大家ですから」

「まあ……」

「だから、その……具合が悪いんでしたら、中で休んでいかれませんか？」

それに対し、女からの返事はなかった。しかし、彼女が同意したのは、立ち上がったときの態度でわかった。

「どうぞ。外は寒いですし」

「ええ。ありがとう」

すると、女は素直についてきた。

先に立って歩きながら、速人は逡巡《しゅんじゅん》した。メゾン・コンソラシオンは、困った女の駆け込み寺的な側面もある物件だ。大家としては、新たな見込み客を拾ったようなものである。

だが、彼女の場合は、一時的に具合が悪いだけかもしれない。折悪《おりあ》しく、このとき部屋は全部埋まっていて、他に案内できる部屋が無かったため、結局彼は自室に連れて行くことにした。

「どうぞ入ってください。狭いところですけど」

「お邪魔します」

女はブーツを脱ぎ、部屋に上がる。とたんに華《はな》やかな香りが室内に広がった。

しかし、いくら絶世の美女と言えど、見ず知らずの人間を家に上げてしまっていいものだろうか。妙なトラブルに巻き込まれはしないだろうか。

速人はそんなことを考えつつも、彼女に向かって朗《ほが》らかに言った。

「そっちのリビングで寛いでいてください。すぐに熱いお茶を入れますから」

「ええ。でも……」

「遠慮しなくていいですよ。こんな小さなアパートですけど、これでも僕は大家ですから。それにここ、女性専用なんですよ」

「そうなんですか」

女性専用アパートというのが利《き》いたのだろうか。彼女もすこし安心したようだ。

「じゃ、すぐに用意しますから。コートはそっちのハンガーを使ってください」

速人は言うと、キッチンで湯を沸かし始める。

だが一方で、彼は先ほどから妙な引っ掛かりも覚えていた。女をどこかで見た気がするのだ。しかし、彼女のような美女と出会った記憶はない。

（同級生じゃないし、サラリーマン時代に取引先かどこかで会ったのかな――）

急須に茶葉を入れ、沸いた湯を注ぎ入れる。そうしてお茶の支度をしながらも、速人はそれとなくリビングの様子を窺った。

すると、どうだろう。女はまだコートを着たままだった。一応座ってはいるものの、落ち着きなく室内を見回す姿は、明らかに警戒しているようだ。

（どういうつもりだよ、まったく）

警戒する様子と、あっさり男の部屋についてきたことの矛盾に速人は苦笑する。自ら厄介《やっかい》ごとを背負ってしまったのだろうか。面倒なことにならなければいいが――彼は心で念じながらも、表には出さなかった。

「お茶が入りました。これでひと息ついてください」

「すみません。いただきます」

よほど寒かったに違いない。彼女は警戒心を露わにしながらも、出された湯呑みを両手で抱え、美味しそうにお茶を啜った。

速人も対面に腰掛けて一服する。

日はすっかり暮れかかっていた。室内には男女が向かい合い、黙ってお茶を啜る音と、エアコンの運転音だけが響いている――とそのとき、速人の脳裏にひらめくものがあった。

「あのう、失礼ですがもしかして――」

「ええ、そうです。私、白木真生《しらきまお》です」

彼女は観念したように言った。

白木真生と言えば、最近テレビドラマで売り出し中の若手女優だった。どうりでどこかで見た気がしたわけだ。あまりテレビを見ない速人でも、何度か見たことがあり、名前も知っていた。いずれもさほど目立たない役どころではあったが、彼女の楚々《そそ》とした佇まいが印象的だった。

「あー……ですよね」

曖昧な返事になったのは、真生の口ぶりがまるで「知っていて当然」という感じがしたからだ。それとも芸能人というのは、誰でもそうなのだろうか。

一方、正体を明かした真生はどこかホッとしたようだった。

「ビックリしたでしょ。あんな所にうずくまっていたりして」

速人が芸能通でないのが幸いだった。彼がミーハーだったら、もっと大騒ぎしてしまっていたかもしれない。

「ええ、まあ……。すこしは具合がよくなりました？」

「おかげさまで。と言うか、実はちがうんです」

真生もまた、相手が見知らぬ人間だったのが、むしろ幸いしたようだった。お茶を半分ほど飲むと、警戒を解いて饒舌になった。

「実は、この辺りに住んでいる友達の家に、プライベートで遊びに行くところだったんです。だけど私、今ちょっとスキャンダルがあって……。週刊誌の記者に見つかって、追われていたの。何とか撒《ま》いたと思ったのだけれど、近くで姿を見かけたような気がして」

「へえ、そうだったんですか」

「ええ。よく聞くでしょ、しつこい記者の話」

「それで塀の陰に？」

「そうなの。しばらく隠れていれば諦めるだろうと思って」

喋りながら真生の表情はコロコロ変わった。さすがは女優だ。その豊かな表現は、こちらに訴えかけてくるものがあった。

どうやら彼女は、不倫スキャンダルで追われているらしかった。お相手は、四十代の有名俳優M。このとき真生が二十五歳で、速人と同い年であることもわかった。

「ホント、雑誌なんて嘘ばっかり。あることないこと書き散らすんだから」

「大変なんですね。俺なんか想像もつかないなあ」

「そのくせ、後で間違いだったとわかっても、小さく訂正文を載せるだけなのよ。こっちの損害は計り知れないっていうのに。勝手すぎるわ」

塀の陰では怯えているようだった真生だが、胸に溜まっていたものを吐き出せる場面になると、興奮気味にまくし立てるのだった。

彼女の話を聞きながら、速人はつくづく住む世界が違うと思った。自分のプライベートを売り物にする連中に追われるというのは、どんな心持ちなのだろう。

真生はひとしきり澱《おり》を吐き出すと、スッキリしたようだった。だが、今度は見知らぬ他人に話しすぎたと感じたらしく、バツの悪そうな顔で言った。

「それで、悪いんだけど今の話、誰にも言わないでくださる？」

「え？　ええ。話す相手もいませんから」

「あと、私が今日ここに来たことも」

「わかりました」

速人からすれば、なんてことのない約束だ。そもそも特別な秘密を聞いたわけでもなく、雑誌記者に知り合いもいない。

しかし、スキャンダルに追われる真生にとっては別なようだ。

「万が一、友達を巻込きこんで迷惑をかけることになったら大変だから……本当に知られたくないの」

念を押すように言われ、速人も応じる。

「大丈夫。誰にも言わないですから、安心してください」

「ありがとう。でも……」

「まあ、口約束ですもんね。あ、申し遅れましたが、田川速人といいます。ここの大家をしていますから、不都合があれば言いに来てください。どこにも逃げたりしませんから」

なぜこんなに必死になって、彼女を安心させようとするのだろう。速人は自分でも不思議に思うが、あるいはこのときすでに女優マジックにかかっていたのかもしれない。

すると、真生は言ったのだ。

「今日のことを黙っていてもらう代わりに、田川さんの望むことを何でもします」

どうしてこんなことになったのだろう。女優の白木真生は、一介《いっかい》のアパート大家に対し、「何でも望み通りにする」と宣言したのだ。

最初、速人は彼女が何を言っているのか理解できなかった。

しかし、彼女は重ねてこう言った。

「あと二時間くらい、ここで隠れていたいの。そのお礼もかねてると思って」

「あ……う……」

真生の目は本気だった。美人女優を好きにできる。こんなチャンスは二度とないと思うが、速人はすぐに返事ができない。

すると、真生が痺れを切らしたように催促する。

「どうする？　田川さんの好きにしていいのよ」

据え膳食わぬは男の恥だ。とはいえ、とても現実のことは思えず、速人の頭は混乱していた。だが、黙っていれば彼女は消えてしまう。彼は思いついたままを口にした。

「――じゃあ、写真を撮らせてもらえませんか」

言った後に彼は後悔した。自分でもなぜ撮影を望んだのか意味がわからない。だが、有名女優相手に直接的な行為を求めることなどできなかったのだ。

真生はしばらく考え込んでから言った。

「写真はダメだけど、撮影現場の再現ならいいわ」

「えっと、それはどういう――」

「記録には残されたくないの。わかるでしょう？　その代わりに田川さんがカメラマンになって、撮影するフリなら大丈夫ってこと」

「あー、なるほど」

何でもいいと言った割には、実際に写真に残してはいけないという。しかし、速人にも理解はできる。有名人の彼女からすれば、流出が怖いということだろう。

「うん、わかった。ちょっと変だけど、それでお願いします」

「こちらこそよろしくお願いします、先生」

真生は口調を改め、頭を下げた。女優だけあって切り替えが早い。

先生などと呼ばれた速人はむず痒くなるが、彼女はさっそく速人をカメラマンに見立てているようだ。これはこれで楽しそうに思えてきた。

それから二人は、カメラマンと被写体モデルになった。

「じゃあ、撮影のコンセプトはどうします？」

「そうだなあ、この部屋じゃシチュエーションが限られているけど――」

「だったら、こういうのはどう？『付き合いたての彼女が、初めて彼の部屋を訪ねる』っていうのは」

「いいですねえ。さすが慣れている」

「去年、フォトブックを出したの。そのときもハウススタジオでの撮影が多かったのを思い出して」

撮影のテーマは決まった。最初のシーンは、彼女が玄関から部屋に上がるところから始めることにした。

真生は玄関でブーツを履き直し、撮影の声がかかるのを待っている。

「こっちはいつでもオーケーです」

「うん。じゃあ、始めようか」

かたや速人は緊張していた。真似事とはいえ、本物の女優を撮影するのだ。

彼は画角を確認するときのように指で四角を作り、カメラ代わりにした。

「じゃあ、ブーツを脱ぐところからいきましょうか」

「はい。指定のポーズはありますか」

「えー……っと、動きは真生さんにお任せします」

「撮るときは、『スタート』って言ってもらえるとやりやすいのだけど」

「オーケー。わかった――では、スタート」

速人のかけ声で、真生は演技を始めた。ブーツを脱ぎ、部屋に上がるまでの一連の動きはとても自然だ。ブーツに手をかけるときの表情がよかった。

また、このとき初めて気付いたのだが、彼女は顔に一切汗をかいていなかった。暖房の効いた部屋でずっとコートを着たままだったのに、実に不思議だ。これも女優ならではの特技なのだろうか。

「うん、いい感じ。部屋に上がったら、クローゼットでコートを掛けてください」

「はい、先生」

出される指示に真生は素直に応じる。彼をカメラマンと認識している役に入りこんでいるからだろう。

速人も最初のうちこそぎこちなかったものの、「撮影」を進めていくにつれ、気分が乗ってきた。

「コートを掛けている背後から彼が声をかけます。振り向いてとびきりの笑顔を見せてください」

「先生、質問なんですが、その彼とは付き合いは長いんですか？」

「うーん、そうだなあ……いや、まだ付き合ったばかりということにしましょう」

真生は女優だけあって、表情一つ決めるのにも設定にこだわった。

その分、速人も真剣にならざるを得ない。

「ではそれで――スタート」

撮影が再開される。コートを脱いだ真生は、厚手のタートルネックとロングスカートを着ていた。いずれも上質そうな生地だ。

「はい、そこで振り向いて」

速人のきっかけで真生が振り返る。

「わあ、速人ぉ」

彼女は言い、諸手《もろて》を差し伸べて満面の笑みを浮かべる。

（あー、なんて美しいんだ）

　速人は指で作ったフレームから覗きながら、胸の膨らむ思いがする。誰も指示していないのだが、彼女は彼を恋人役にしたのだ。その方が演技しやすいのかもしれないが、食らった彼は目が眩むようだった。

　それからキッチンに立たせたり、談笑するシーンなどいくつかのシチュエーションを撮っていく。真生もますます役柄に入っていった。

「今度は窓際に立ってもらえるかな。外を眺める感じで」

「こうですか」

「うん、いいね。そこへ彼が近づく。真生さんは振り向きざまに――」

「キスするんでしょう？」

「う、うん。そう、それで」

　速人が言いにくいところも、真生は自ら率先して動いていく。こちらが素人なのに対して、向こうはプロなのだ。当然と言えば当然だった。

　窓際の真生に速人はズームアップすべく近づいていく。女優は気配だけでそれを察し、きっかけを与えずともいいタイミングで振り返る。

「速人……」

真生は言うと、実際に彼の肩に手をかけてきた。距離が近いためか、彼女の体から信じられないようないい匂いがする。

「ん」

それから軽くつま先立ち、唇を尖らせてキス待ち顔をした。

（つくう。たまらん——）

美女のどアップに、速人は心臓をわしづかみにされた。ぽってりとした唇は濡れたように艶やかで、思わずしゃぶりつきたくなる。

だが、これはあくまで撮影なのだ。速人は自制した。彼自身、いつしかカメラマンと被写体という設定に無自覚のまま縛られていた。

一方、撮影は佳境へと差しかかっていく。

「次は、ベッドに寝てみようか」

速人の指示もスムーズになってきた。実際に押し倒すことは憚《はばか》られても、カメラマンとしてなら不思議と平気でものが言えるのだ。

対する真生はもとより女優であった。

「服はこのままでいいの？」

「うん。まずは何枚かポーズをとってほしいんだ」

すると真生はベッドに横たわり、肘を突いて顔だけ起こした。

「ねえ、速人も早くこっちにおいでよ」

「え……？」

速人は一瞬混乱してしまうが、すぐにそれが彼女の演技だと理解する。

もはや真生に演技指導は不要なようだった。

「なんだか、今日は暑いわね……」

彼女はそう言うと、自らタートルネックの裾をからげ始める。

（ウソだろ……）

速人は目を疑った。心臓が半鐘を打ち鳴らす。

その間にも、真生は上を脱いでしまった。

「んー、やっぱり脱いだら気持ちいい」

薄紫のキャミソールに包まれた白い肌が露わとなった。透き通るような肌だ。女優は華奢《きやしや》な骨格をしていたが、胸元にはボリュームがあった。

「下も脱いじゃうね」

脱ぐのにためらいは感じられなかった。これが女優魂というものか。速人の股間が重苦しさを訴えかけてくる。

「よいしょ、っと」

真生は仰向けに寝たまま、尻を上げてスカートを下ろしていく。キャミソールは腰の辺りまでしかなく、裾からデルタが覗いていた。

「うーん、やっと涼しくなった」

下着姿になった彼女は仰向けで伸びをする。無邪気な表情は少女のようだ。

（かっ、可愛い……！）

速人は興奮するとともに、甘酸っぱい思いに胸を締めつけられる。女優というのはやはり特別な存在であるようだ。外見的に美しいだけでなく、見る者に強い感情を引き起こす力があった。

知らず知らず速人は美人女優のベッドに近づき、寝ている彼女を上から見下ろす形で画角におさめる。

「すこしポーズを変えてみようか」

「どうしてほしい？」

真生は真っ直ぐに見つめ返し、微笑んでいる。

速人は喉がカラカラだった。

「えっと、そうだなあ。仰向けで顔に手をかざして――そう。そんな感じ。それでその脚を……片膝を立ててみて」

彼の視線は、形のいい太腿とデルタの陰に釘付けだった。もっと奥が見たい。シンプルな男の欲望が、その要求にも表れている。

だが、女優はカメラマンの指示に従順だった。

「これでいい？」

真生は太腿をすり合わせ、片膝を立てる。おかげでヒップラインが垣間見られ、一《いっ》幅《ぷく》の絵画のようであったが、彼の目論見《もくろみ》とはちがう。

「うん、それもいいけど——そうだ、今度は両方の膝を立ててもらえるかな」

「えー、両方？」

彼女は速人の欲望に気付いているのか、探るような目で見つめてくる。

だが、カメラマンの要求に逆らうことはなかった。

「こんな感じでいい？」

「う、うん……」

速人は勇んでベッドの足下に回り、シャッターチャンスを目に焼き付ける。

見事なM字開脚だ。パステルピンクのパンティが露わとなった。白い内腿の皮膚は静脈が透けるほど繊細で薄く、股間の形もハッキリわかる。

「ふうっ、ふうっ」

無意識のうちに速人の呼吸は浅くなる。ランジェリー姿の肢体はあまりに神々しく、この世のものとは思われなかった。

「綺麗だ。すごくいいよ」

実際には持っていないカメラを向けて、連写しまくる。

一方、女優は撮られることで感情を高ぶらせていく。

「ねえ、どこ撮ってるの」

「どこって、その……彼氏の目線で撮っているんだよ」

「なら、速人もこっちに来て」

蕩けた表情で彼を見つめ、誘ってきたのだ。

速人は興奮していた。全身が燃えるように熱い。当初感じていた遠慮も、欲望の前には消えていた。

ベッドに上がり、彼女の足下に立って、中腰で上から写すようにする。

「うん、すごくいい表情だ。キャミも取っちゃおうか」

「もっと見たいの？」

「う……うん。見たい」

「いいよ。見せてあげる」

そう言って真生は焦らしながらも、キャミソールを首から抜いた。

「ハアッ、ハアッ」

ついに女優の肢体を隠すものは、ブラとパンティだけになった。速人は息遣いも荒く貴重なショットを目に焼き付けた。ウエストは細く、強く抱いたら折れてしまいそうだ。

しかし、もう我慢できない。全部見たい。速人は言った。

「ぜ、全部取っちゃおうか——」

さすがに拒否されるかもしれない。彼は覚悟しながら求めたのだが、はたして真生はこう答えた。

「カメラの画角が変じゃない？　ずっと上から撮っているなんて」

「え？」

「だって、彼氏の目線なんでしょう。そんな所から見る？」

言われてみれば、確かにそうだ。疑似《ぎじ》体験といえど、女優はリアルにこだわった。

「そうだね。じゃあ、えーっと——」

「んもう。速人も早くこっち来て」

速人が迷うのに焦れたのか、彼女はシーツを叩いて自分の隣を指し示す。

「そうか。そうだね」

彼は言われたとおりに横たわった。さっきまで真生が寝ていた場所だ。彼女の温もりが残っていた。

真生は彼の方を向いて言った。

「ほら、これで臨場感が出たでしょ」

「だね。確かに」

距離が近かった。手を伸ばせばすぐそこに真生がいる。体の発する熱までが伝わってくるようだ。

「じゃあ、脱ぐね」

「うん」

真生はいったん仰向けになり、背中に腕を回してブラのホックを外した。

「んしょっと」

ハラリとブラが取り去られ、丸く愛らしい乳房が現れた。

「下も脱ぐのよね？」

「う、うん。できれば」

「ダメよ。カメラマンが自信を持ってくれなきゃ。撮られる方が不安なんだから」

「そっか。わかった。じゃあ、下も脱いで」

「いいよ」

真生はすっかり役柄《やくがら》に入り込んでいるようだった。カメラマンとモデルの関係と、設定上の恋人同士との境目が次第に曖昧になっていく。

そして、彼女の手がパンティにかかった。速人の胸は期待ではち切れそうだった。

ところが、真生はそこでふと手を止めたのだ。

「ねえ、速人も脱いだら？」

「え……。なんで」

「思うんだけど、やっぱりわたしだけ脱ぐのって、不自然じゃないかしら」

「あー。まあ、そうなのかな……」

言われてみれば、そういう気もしてくる。実際にパン一で撮影するカメラマンもいると、どこかで聞いたこともあった。

「わかったよ。ちょっと待って」

速人は言うと、手早く上下の服を脱ぐ。パンツはさすがに穿いたままだった。

だが、真生の提案はそれだけではなかった。

「あと、ただ私が脱ぐっていうのも変よ。何か必然性が欲しいわ」

「って言うと？」

「速人がどうしてほしいか、言えばいいのよ。『彼氏』なんだから」

愛らしい顔と乳房が彼を見つめていた。乳頭はきれいなピンク色だった。

速人はゴクリと生唾を飲み、自分の欲望を正直に述べた。

「じゃあ、俺の顔の上で脱ぐところを見せてほしい」

すると、一瞬沈黙があった。有名女優を相手にさすがに下品すぎたか――速人が後悔しかけたとき、真生の顔に笑みがこぼれた。

「うん、いいよ。速人ってエッチなんだね」

「いや、それはその……」

「ううん、いいの。わたしもエッチだもん」

彼女は言うと、スラリと立ち上がった。

速人はホッとして、再び指でカメラを構える。

「顔の上に跨がって――そう。すごくいいよ」

「あんっ、速人の視線が熱いよ」

下から仰ぎ見る景色はまさに壮観だった。顔の横にはキュッと締まった足首があり、形のいい脹《ふく》ら脛《はぎ》、太腿と続いて、パンティに覆われた腰回りは小股が切れ上がっている。腹は平らでウエストは締まり、華奢な骨格に乳房が二つぷりんと浮かんでいた。

「ハアッ、ハアッ」

真生もまた、興奮する彼を見下ろしつつ、最後の一枚を下ろしていく。

「あんっ、このままだと、脱ぎにくいわね」

「片脚ずつ引き抜くんだ。うん、そう」

「これで——よし、と」

顔に跨がっているため、脱ぎづらそうだったが、真生は何とか乗り越えた。

そして現れたのは、薄い草むらに覆われたスリットだった。

「ああ……」

思わず速人はため息をつく。割れ目はうっすらと開いているが、中身までは見えない。だが、周囲に色素の沈着はなく、綺麗な秘部であるのはわかった。

一糸まとわぬ姿となった真生は、ベッドで仁王立ちしていた。

「こんな恰好させられるの、初めてよ。わたしも興奮してきちゃった」

「もっと近くで見せて」

「特別だよ」

彼女は言うと、膝立ちになる。おかげで距離が近くなっただけでなく、立っていたときより脚を開くことになり、割れ目の中身が露わになった。

「すごい。これが真生の――」

「ああ、どうしよう。わたし見られているのね」

オマ×コが丸見えだ。速人は興奮に我を忘れた。

「すうーっ」

首をもたげ、深呼吸する。ほのかな恥臭が鼻腔をくすぐった。

その様子を見た真生が鼻声を鳴らす。

「やだぁ。恥ずかしいじゃない」

「なんで。とってもいい匂いがするよ」

「速人って変態ね」

「よく言われる」

何と言われようが構わなかった。テレビドラマで活躍する有名女優の秘部が目の前にあるのだ。この特権を無駄にする気はない。心ゆくまで芳香を嗅いでいたかった。

一方、真生は真生で見られることに昂揚しているようだ。

「そんなにわたしのアソコが好きなの？」

「うん。この角度から見る真生さんは最高だよ」

「速人は今、どうしたいって思ってる？」

見下ろしつつ訊ねる真生の表情は、ゾクッとするような色香を放っている。

速人の興奮は最高潮だった。

「どうしたいって、それはもちろん――」

「もっと近くで見たい？」

「う、うん」

「わたしのオマ×コが欲しいの？」

昂揚《こうよう》するあまりか、真生は淫語を口にした。

「ハアッ、ハアッ」

欲情した速人は過呼吸になりそうだった。

すると、真生は返事を聞かずに自ら答えを導く。

「こうしちゃう――」

そう言って、おもむろに腰を落としてきたのだ。

次の瞬間、速人の顔面を媚肉が覆った。

「ぐふうっ、真生さんっ……」

「あふうっ、んんっ」

なんと彼女は顔面騎乗してきたのだった。大胆な行為に速人は愉悦に包まれた。

「むふうっ、むう……」

「あっ、ダメ。感じちゃうから」

頭上で真生が鼻声を鳴らし、尻を前後に蠢かしてくる。

「あっ、ああん。速人の顔に乗っかっちゃった」

「べじょろっ、ずぱっ」

溢れるぬめりを速人は夢中で啜った。こんな美女が自ら割れ目を擦りつけてくるなど夢のようだ。ヌルヌルした肉ビラが鼻をくすぐり、唇に押しつけられてくる。彼は舌を伸ばし、一滴残らず飲み干そうとした。

「真生さんの――真生のオマ×コ、美味しい」

もはや撮影のフリなどどうでもいい。いずれにせよ速人はカメラマンではなく、アパートの大家であり、二十五歳のひとりの男なのだ。

また、真生も最初の設定をかなぐり捨てていた。

「あっひ。あんっ、気持ち――んああっ、気持ちいいよぉっ」

身悶え、股間を擦りつけながら、悦楽に身を任せていた。下卑《げび》た恰好で快楽を貪るさまは、可憐でありながらも淫らで、ドラマでは見せない女の本性を露わにしているのだった。

「びじゅるっ、じゅぱっ」

「あふうっ、んんっ……ねえ、速人のも触っていい？」

「うう……レロッ、じゅぱっ」

口を塞がれた速人は呻き声で答える。

すると、真生は後ろ手を伸ばし、彼のパンツの中に突っ込んできた。

「ああ、すごい。カチカチ」

浅い息を吐きながら、硬直を扱いてくる。

細指に巻き付かれ、肉棒は悦びのよだれを漏らした。

「ぐふうっ、ぬう……真生が俺のチ×チンを――」

「ああん、大きいの。エッチなオチ×チン」

「真生ぉ……レロじゅぱっ」

「あんっ、クリちゃんを吸っちゃダメぇ」

「ぬおおっ……」

握りは強く、速人は仰け反りそうになる。このときなぜか過去の知人の顔が浮かんだ。あの白木真生に顔面騎乗&手コキされているなど、会社員時代に同僚たちに言っても決して信じないだろう。

だが、目鼻を覆う牝臭は、紛《まぎ》れもなく現実であった。

真生は器用に愛撫を続けながらも、呼吸は苦しそうだった。

「あっ、ああっ。イイッ」

「むふうっ、じゅるっ、じゅぱっ」

「クリが……ああん、速人ぉ」

「真生っ。真生のオマ×コジュース」

「んふうっ。ああああっ、もうダメかも――」

弱音を吐いたかと思うと、尻の前後動が激しくなった。

「んあああっ、ダメえっ。イクうううっ」

肉芽を彼の鼻面に擦りつけるようにし、頂点への急坂を登っていく。

「あっひ――あああっ、イッちゃう。イッちゃうよぉ」

「んむむ……」

完全に速人の呼吸は塞がれていた。手コキはおろそかになり、真生はめくるめく官能の山頂へと至る。

「あああーっ、イクうううーっ！」

絶頂の瞬間、太腿に締めつけられ、速人はこめかみを圧迫される。

「ううっ、真生……」

「ああ……」

やがて真生は息を吐き、脚から腰へと生々しいわななきを見せた。アクメが今まさに女体を駆け巡っているのだ。

そうして真生が上から退き、速人の視界が開ける。

「ハアッ、ハアッ、ハアッ」

「ひいっ、ふうっ、ふうっ」

傍《かたわ》らにはぐったりと横たわる真生がいた。

「イッた？」

「うん。イッちゃった」

顔を上気させ、恥ずかしそうに微笑む真生は愛らしく、速人はたまらずその唇にキスをする。

「真生──」

「ん。速人」

真生もそれに応じ、舌を絡ませてくる。熱のこもったキスだった。

そうして感謝のキスも収まると、彼女は言ったのだ。

「速人のも舐めてあげるね」

もちろん速人に否《いな》やはない。思えば撮影の真似事を始めてから、肉棒はずっと勃起していたのだった。

起き上がった真生は、彼の足下へ回り、パンツを脱がせてくれる。

「お尻を上げてくれる」

「うん――」

まろび出たペニスは怒髪天を衝いていた。

「速人って、おとなしそうな顔をして大きいのね」

「そうかな。たぶん真生のせいだよ」

彼が言うと、真生は裏筋に鼻面を押しつけて匂いを嗅いだ。

「んー、男の匂い」

「うう、汚いよ。汗かいたし」

「うふっ。さっきのお返しよ」

肉棒越しに悪戯っぽく笑う真生が愛らしい。

「んふうっ、速人の感じてる顔が可愛いわ」

「舐めてくれるの？」

「ん。だって、こんなに美味しそうなんだもの――」

真緒は言うと、舌を尖らせ、鈴割れに浮かぶ先走り汁をペロリと舐める。

「うっ……」

「先っぽも美味しそう」

さらに彼女ははち切れそうな亀頭を咥え、ちゅうちゅう吸った。

「んふうっ、速人の感じてる顔が可愛いわ」

「つく。だって」

「ああん、もう我慢できない。食べちゃおう――」

真生は言うと、そのままズルズルと太竿を呑み込んでいく。

（白木真生が俺のチ×ポを咥えている――！）

男なら誰もが羨む夢の光景が広がっていた。彼女の顔が小さいせいで、逸物が余計に大きく見える。

やがて真生がストロークを繰り出してきた。

「じゅぽっ、じゅるっ」

「はううっ、うっ」

「んんっ、速人の硬いオチ×ポ」

「ふわあっ、真生おっ」

吸い込みは激しく、真生は喉の奥まで肉棒を呑み込んだ。すでに欲情しきっている速人にとって、その刺激は凄まじかった。

「びじゅるっ、じゅぽっ、じゅるるっ」

「ハアッ、ハアッ……ああ、すごい。もう出ちゃいそうだよ」

瞬《また》く間に射精感が突き上げてくる。抑えは利きそうにない。

すると、真生はしゃぶりながら言った。

「出しちゃって、いいよ」

女優の台詞《せりふ》はひと言で青年を打ちのめした。

「うはあっ、出るうっ！」

尾てい骨の辺りがガクガクと痙攣し、白濁液が勢いよく口中に解き放たれる。

「ううっ」

「んぐっ――ごくっ……」

すると真生は一瞬嘔吐《えず》きかけるが、出されたものをこぼすことなく全部飲んでしまったのだ。

速人は快感と感動で目が眩みそうだった。

（ああ、こんなに可愛い子が俺の精子を――）

かたや飲み干した真生は顔を上げて言う。

「すっごく濃いのがいっぱい出たね」

口の端を拭いながら微笑む彼女は、なんとも淫靡だった。

射精した後も、速人はしばらく動けなかった。夢ならこのまま覚めないでくれ。絶世の美女に口内発射した感動に全身が痺れたようになっていた。

一方、真生の性欲は依然旺盛なようだった。

「速人。ねえ」

呼びかけに速人が目を開けると、彼女の顔がすぐそばにある。

「ごめん。あんまり気持ちよかったんで、つい」

「いっぱい溜まってたんだね」

「うん――」

速人は神妙にうなずく。実際は、アパートの大家になってから幾人かの人妻熟女たちとの交わりがあったのだが、ここであえて告白する必要もない。

真生もそれで満足なようだった。

「速人の感じる顔を見ていたら、わたしも燃えてきちゃった」

彼女は言うと、唇を押しつけてきた。

「んふうっ、速人……」

「真生……ふぁう」

舌が絡み合い、唾液が交換される。本人が言うとおり、女優のキスはねっとりと情熱的だった。

「レロッ、ちゅぱっ」

これに速人も再び奮い立つ。真生は吐く息の匂いも甘かった。

さらに彼女はキスをしながら、彼の身体をまさぐってきた。

「また元気にしてあげるね」

そんなことを口走りつつ、首筋に舌を這わせ、肉棒を擦ってくるのだ。

饗宴は終わっていなかった。速人は悶絶する。

「ううっ、真生ってこんなにエロい女の子だったんだ……」

「いけない？　わたしだって感情も欲望も普通にあるのよ」

きっと彼女は彼女なりに苦労もあるのだろう。有名人として持て囃《はや》され、何かと役得もあるのだろうが、一方では好きな男と街を歩くような普通のこともできないのかもしれない。現に今彼女はスキャンダルに追われ、そのためにメゾン・コンソラシオンに逃げ込んできたのだ。

真生はまるでその鬱憤を晴らすかのように愛撫に勤《いそ》しんだ。

「可愛い乳首。吸っちゃおう」

彼女は言うと、乳首に吸いついた。

速人の体がビクンと跳ねる。

「はううっ、くすぐったいよ」

「うふ。意外と速人ってウブなのね。すぐに気持ちよくなるわ」

精巧にできた人形のごとく、華奢な手足が巻き付くように体の上を這った。真生の顔は徐々に下がっていき、再び彼の股間へと行き着いた。

「もう大きくなってる。エッチなオチ×チンね」

彼女は逸物を両手で包むようにして愛でる。顔の前でしげしげと眺める様子は、まるで珍重な逸品《いっく》を慈しむようだった。

するト、半勃ちのペニスがみるみるうちに硬くなっていく。

「ハアッ、ハアッ。ヤバいよ、真生ぉ……」

止むことのない快楽に速人は目も眩むようだった。先ほどは有名人の苦労を偲《しの》んだ彼だったが、真生の尽きせぬ劣情を目の当《ま》たり《あ》にして、それとは別に、やはり彼女は単純に好き者なのだと考えを改めた。

げんに今、肉棒を弄る真生の顔は甘く蕩けている。

「あん、ダメ。欲しくなってきちゃう」

「俺も──。真生が欲しい」

「本当？　うれしい。きて」

彼女は言うと、亀頭にフレンチキスを浴びせてきた。

「速人の大きいオチ×チンが欲しいの」

絶世の美女にここまでされたら、男として黙ってはいられない。

「真生おっ──」

速人はおもむろに起き上がり、真生をベッドに押し倒した。

「あんっ……」

男の劣情に真生もうれしそうだった。

覆い被さった速人は、彼女の脚を開かせ、その間に割って入る。

「いくよ」

「うん」

「真生のいやらしいオマ×コに、俺のチ×ポをブチ込むからね」

「ちょうだい。速人の硬いの」

見上げる美女の目が潤んでいる。愛らしいピンク色の乳首はピンと勃ち、薄い恥毛の先は濡れて束になっていた。

股間のパックリ開いた濡れ秘貝が、速人を視覚的に挑発してくる。

「真生っ」

「ああっ」

ぬぷりと肉棒が蜜壺に突き刺さった。体が華奢《きやしや》なせいか、意外にきつい。

速人は根元まで挿入したところでいったん息をついた。

「ふうっ、ふうっ」

「ああ、速人のが奥まで入ってる」

ウットリとしてそんなことを言っているのを見ると、真生の方は痛いともなんとも思っていないらしい。

速人は意を決して抽送を始めた。

「ふうっ、ふうっ、うう……」

慣れているはずの正常位だが、これまでとは勝手が違う。腰を引くたび、狭い膣が太竿を締め上げてくるのだ。苦痛にも似た快感だった。

かたや真生はシンプルに快楽を堪能《たんのう》しているようだった。

「あんっ、あああん。わたしの中が速人でパンパン」

「ふうっ、はあっ、ふうっ」

「あっ。あふうっ、んんっ」

喘ぐ声も可愛らしく、腰を反って抽送を受け止めている。彼女にとっては、これくらいの充溢感は当たり前なのだろう。

速人は額に汗を滲ませ、懸命に腰を振った。

「ハアッ、ハアッ、ハアッ」

牝壺から溢れるぬめりで、ようやく快調なリズムになっていく。

真生の悦楽も上向いていった。

「あはあっ、イイッ。ああん、感じるうっ」

「真生のオマ×コ、すごく締まる」

「よく言われるわ——はひいっ」

息を呑み、手足をバタつかせる真生。太茎がずりゅっ、ずりゅっと蜜壺を抉るたび、行き場をなくした手がシーツを握り絞めるのだった。

「ひいっ、あああっ、どうしよう——」

やがて真生の手が彼の体を引き寄せようとする。

「速人ぉ」

「ああ、真生っ。可愛いよ、真生」

速人は彼女の求めに逆らわず、身を伏せて体を密着させる。

「ハッ、ハッ、ハッ」

彼女の肩を抱え、腰の蝶番《ちょうつがい》だけで抽送する。

「うふうっ、んんっ、イイッ」

真生の華奢な体は重みで潰れてしまいそうだ。速人は本能のまま彼女を抱き上げて、対面座位の形に持っていく。

「おいで——」

「んああっ、速人ぉ」

真生の体は見た目以上に軽く、体位を変えるのに支障はなかった。

そして向かい合わせになると、熱い視線が交錯する。

膝の上に乗った真生が唇を重ねてくる。舌が絡み合い、湿った音のする濃厚なキスが交わされた。

「ん……ふうっ」

「るろっ……ぷはあっ」

「速人——」

「ん？」

「なんか不思議ね。塀に隠れていたときは、こんなことになるとは思わなかった」

ドラマで見る楚々とした女優と、目の前の妖艶な真生は別人のようにも思われた。

だが、どちらも同じ彼女なのだ。

「俺の方こそ、まだ信じられないよ。真生みたいな子と——」

「速人に出会えて良かった」

「俺も」

そこでまた情熱的なキスが始まる。

「ん……。ああ、速人のことが好きになってしまいそう」

美女から発せられる言葉の一つ一つが、速人の胸と股間に響いた。

「俺はとっくに真生が好きだよ」

「ああっ、速人っ——」

そうして今度は真生が尻を揺さぶり始めた。

「あんっ、ああっ、んふうっ」

「ハアッ、ハアッ、ああ……」

体位が変わっても、蜜壺の締め付けは相変わらずだった。

「ぬお……っふう」

速人は彼女の細腰を抱き、乱暴ともいえる快感に耐える。

膝の上で真生は舞い踊った。

「うふうっ、んんっ。すごいの、ああっ」

顔を歪め、身悶えるさまは圧巻だった。非の打ち所のない、完成されたフォルムで愉悦を貪る真生の全身から後光が放たれているようだ。

これが、芸能人オーラというやつなのか。

「ああっ、真生おっ」

「速人のオチ×チン好き。カリの所が引っ掛かって――んああっ」

「真生のオマ×コもすごいよ。ううっ……」

「ホント？　オマ×コいい？」

「ああ。こんなにきついの、初めてだよ」

速人の漏らした本音に真生は喜んだ。

「そう？　きっと速人のが大きいんだわ」

そう言って、彼の頭をかき抱いたのだ。

谷間に埋もれた速人は幸せだった。

「真生……真生ちゃんの――」

真生の肌はじっとりと汗をかいていた。彼はそれをすくい取るように舐め回し、乾いた人のように嚥下《えんげ》する。

「真生の汗、美味しい」

「ああん、速人ぉ」

そうする間も、グラインドは続いていた。真生の小ぶりな尻が上下するたび、愛液に塗れた肉棒が見え隠れする。

「ああん、ああっ、イイッ」

ぬちゅっ、くちゅっと湿った音がリズミカルに鳴る。手折れそうな細腰は、それでも懸命に悦楽を貪るのだった。

「可愛いよ、真生――」

速人は口走ると、パステルピンクの乳首にむしゃぶりついた。

「びちゅるっ、ちゅばっ」

「あっひ……ダメえええっ」

敏感に反応する真生は身悶えた。それもそのはず、尖りは硬く勃起していた。

「レロッ、ちゅぱっ、みちゅっ」

速人は乳首を舌で転がし、吸い付き、あるいは奥歯で噛んで刺激を与えた。

すると、真生がふいに大きく仰け反りそうになる。

「はひぃっ、イイイイーッ」

「危ない——」

倒れそうなのを危うく抱き留める。真生の全身は火照っていた。

「あああ、わたしもうダメかも……」

「俺も」

「だけど、もう動けないわ」

その言葉通り、真生はぐったりしてグラインドも止んでいた。

「わかった」

速人は言うと、彼女を抱いたまま仰向けに倒れていく。

「おいで」

「ああ……」

真生が上になる形になった。だが、彼女は動けない。

「ハアッ、ハアッ。ああ、速人……」

代わりに彼女はキスをしてきた。まだ欲望は満たされていないのだ。

速人には考えがあった。彼は両手を彼女の尻たぼに置き、下から抉るように腰を動かし始める。

「ハアッ、ハアッ」

「んあっ、んふうっ」

最初はゆったりとした振幅だった。好天の大海原にたゆたうような抽送だった。

「ううっ、締まる……」

締め付けは肉棒を煽り立てた。

かたや真生も眉根を寄せて感じている。

「あふうっ、んんっ。ああっ、イイッ」

結合部のぬちゃくちゃいう音がさらに高く響く。その淫靡なリズムに煽られて、速人の抽送は速さを増していく。

「あっふ、イイッ、んふうっ」

突き上げられるたび、女優の口から艶めかしい喘ぎがこぼれた。

だが、やがて腰の突き上げだけでは追いつかなくなってくる。

「真生──いくよ」

呼びかけた速人は、手にした尻たぼを捕まえ、彼女の身体ごと揺さぶり始めた。

「ぬおぉ……ハアッ、ハアッ。これで、どうだ」

「んあああーっ、イイーッ」

真生は激しく喘いだ。彼の大胆なやり口に驚いたようだった。

「ハアッ、ハアッ、ハアッ」

「あんっ、ああっ、イイッ」

真生の体は速人の上で木の葉のように舞い、揺さぶられた。二人のかいた汗が滑りを良くし、悦楽はクライマックスを目指す。

「ダメ……イッちゃう、イッちゃうよぉ」

苦しい息を吐きながら、身悶える真生。速人はさらに激しく揺さぶった。

「真生おおっ、このままイクよ」

「イッて。わたしも──はひいっ」

真生が喘ぐと同時に蜜壺がうねりだした。

「ぬおっ、俺も――」

射精感が突き上げてきた速人は、最後の力を振り絞る。

「真生おおおっ」

「んあああああーっ！」

ついに堪えきれなくなったのか、真生は彼の肩にしがみつき、噛みついてきた。

速人に鋭い痛みが走る。

「うっく……うおおおおっ」

しかし、怯まず彼は肉棒を突いた。身体ごと揺さぶることが叶《かな》わなくなり、最後は尻を支点に腰を小刻みに揺さぶる。

「んふうっ、んんんんっ」

絶頂は突然訪れた。

「うはあっ、出るっ！」

「イイイイーッ！」

二人はほぼ同時にイキ果てた。びゅううっと美人女優の胎内に、ナマの白濁が注がれる。肩を咬んでいた真生も、絶頂の瞬間は彼の耳元で大きな声をあげた。

「ああぁんっ、イクぅぅぅぅ……」

そして潮が引くように体を脱力させていったのだ。

「ハアッ、ハアッ、ハアッ、ハアッ」

「ひいっ、ふうっ、ひいっ、ふうっ」

凄まじい絶頂だった。身動きできない真生はしばらく上に乗ったままだったが、速人は少しも苦しいとは思わなかった。彼女が軽いせいもあるが、それ以上に夢見心地で幸福だったからだ。

「ああっ、すごかった……」

ようやく正気を取り戻した真生は、転がるように上から退く。

「ううっ……」

その拍子に結合が外れ、勢いで肉棒が飛沫を散らす。

一方、横たわる真生の股間からも、白く濁った汁がだらしなく噴きこぼれていた。

夢のような時間は終わった。「撮影ごっこ」に始まった女優との遊戯は、最後にはねっとりとした肉交と絶頂で幕を閉じたのだ。

やがて真生が力の抜けた体を起こし、脱ぎ捨てた服を身に着けはじめる。服を着た彼女は、再び遠い存在になったように思われた。

「そろそろ行くね」

「うん」

「それで悪いんだけど、外に記者がいないか見てもらえないかな」

「構わないよ」

速人はすこし寂しい思いを抱きつつも、彼女の頼みを引き受けた。外へ出て、アパートの周りを見渡したが、記者らしき姿は見当たらなかった。

「大丈夫。誰もいなかったよ」

「ありがとう。今日のことだけど――」

「わかってる。誰にも言わないよ。自分だけの思い出にしておくから」

「わたしも今日のことは忘れないわ」

それだけ告げると、真生は去っていった。

ところがその数日後、速人はワイドショーを見て驚くことになる。なんと真生が噂の不倫相手の俳優と入籍したというのだ。先日、自分とあんなことがあったばかりなのに、女優というのはつくづく変わり身が早いものだ。彼はテレビを見ながら、感心するとも呆《あき》れるとも言えない複雑な思いを抱くのだった。

第五章　欲しがる女

季節が春になる頃には、アパート経営もすっかり軌道に乗り始めていた。利用者からの口コミも広がり、駆け込み寺としての用途のほか、菜摘のように一時的な事務所代わりに借りる店子も増えている。その成功の裏には、もちろん栗栖の営業力も大きく寄与していた。

こうして速人も大家としての自信を深めていった。だが、全ては亡くなった伯父が彼にアパートを遺してくれたおかげだ。そこで彼はある週末、これまでのお礼と報告を兼ねて伯父の墓参りに赴《おもむ》くことにした。

駅前で買った花を供《そな》え、速人は墓前に手を合わせる。

「伯父さん、俺なんとかやってるよ。これからも見守っていてくれよな」

遺言で伯父が、「アパートを潰すな」と記した理由は今もわからない。しかし、速人は会社員を辞めて大家になったことを後悔してはいない。転職しなくては決して知り得なかった経営の苦労を学ぶこともできたし、また上手くいったときの喜びも知ることができたのだ。

墓参りを済ませると、速人は以前住んでいたマンションを訪ねた。帰り道の途中にあったため、懐かしさに惹《ひ》かれて立ち寄ったのである。

「ここは変わらないな」

道路から建物を眺めてふと思う。まだ一年も経っていないのだから当たり前だが、その間に自分を取り巻く境遇には相当な変化があった。自ずとこれまでの事が思い出される。

彼は妙な感傷に駆られ、自分が住んでいた部屋を見たくなった。

(当然、もう誰かが住んでいるんだろうな)

マンション建物の側面を回り、ベランダが見える南側へと向かう。

「――あ」

速人は思わず息を呑んで立ち止まった。

彼が見たのは、敷地で幼児用プールを広げて遊ぶ母子であった。マンションは間取りのちがう二棟からなっており、その間には駐輪場などがあるちょっとしたスペースがあった。親子はそこに空気で膨らますプールを出して遊んでいたのだ。

しかし、速人が息を呑んだのは、その母親が菜摘だったことだ。

彼は慌てて塀の陰に身を隠した。ここに彼女が住んでいるのは先刻承知だが、まさか偶然出くわすとは思っていなかった。

「菜摘さん……」

菜摘は現在もメゾン・コンソラシオンの二〇一号室を借りている。当初は一ヶ月ほどの予定だったが、仕事が順調なため契約を延長したのだ。

子供と遊ぶ菜摘は母親の顔をしていた。とても幸せそうだった。

その様子を隠れて覗く速人は、そこはかとない胸苦しさを覚える。このマンションに独り暮らしをしていたときから、彼は人妻の菜摘に特別な感情を抱いていたのだ。

だが、そのことを菜摘は知らない。速人のことは、アパートの大家としてしか認識していないはずだった。声などかけるわけにはいかなかった。

春先とは言え、異常に暑い日だった。だからプールを出したのだろう。

「〇〇ちゃん、お水冷たくなーい?」

菜摘は優しい声で子供に話しかけている。遠目に見る母子の姿は美しく、まさに幸福を絵に描いたようだった。

本当はすぐに立ち去るべきだったのだろう。しかし、速人はその場から動けなかった。

　そのとき菜摘はノースリーブのワンピースを着ていた。周囲に誰もいないと思っているからだろうか、警戒心は緩く、ブラ紐が見え隠れしている。角度によっては横乳まで垣間見えた。

「ママ。ママ、見て」

「わあ、すごいわねえ」

　子供に呼ばれた菜摘が、ワンピースの裾をたくし込んでしゃがむ。だが、子供に集中して注意が散漫になり、膝小僧まで丸出しになってしまう。すこし脚を開いただけで、むっちりした内腿が露わとなった。

「ふうっ、ふうっ」

　無防備な人妻の下半身に、速人はいつしか欲情を覚えていた。一度でいいから彼女を抱きたい。それは、このマンションに住んでいる頃からの暗い欲望だった。

　ところが、そのとき建物から中年男性が現れる。

「おい、そろそろ片付けろよ。腹が減った」

　長髪を後ろで束ねた男は、菜摘の夫だった。妻の仕事を快く思っていないという亭主だ。興を削がれた速人はそこでふと我に返る。あの男が菜摘を自由にできるのかと思うと不愉快だった。彼は見られないよう、そっとその場から離れた。

それから数日後、意外なチャンスが巡ってきた。

その日、菜摘はいつも通りメゾン・コンソラシオンに「出勤」してきていたのだが、昼少し前に彼女が管理人室を訪ねてきたのだ。

「急に電気が落ちてしまったの。どうしていいかわからなくて」

「そうですか。すぐに見てみましょう」

電気系統にトラブルがあったらしい。すぐに速人は菜摘と二階へ向かった。

「ごめんなさい。お忙しかったでしょう」

「いいえ。これも大家の仕事ですから」

一緒に階段を上りながら、速人は胸を躍らせていた。彼女の役に立てるのがうれしかったのもあるが、菜摘の服が先日マンションで見たのと同じワンピースだったというのもあった。

「どうぞ。全部一遍に消えちゃったんです」

「失礼します――」

菜摘に促され、室内に上がる。部屋は南向きだから暗くはないが、確かに電灯やパソコン、インターホンのモニターなどが消えている。

だが、その理由は単純だった。ブレーカーを見ると、主電源が落ちているのがわかったのだ。速人がトグルを上げると、再び電気がついた。

「一時的に過負荷になってのかもしれませんね」

「そうなんですか。ごめんなさいね、わたしそういうのに疎《うと》くて」

「いいんですよ。もしかしたら、契約アンペア数を上げたほうがいいのかもしれませんね」

「そうね。そのときはお願いします」

「はい」

「とにかく助かりました。ありがとう」

「いつでもどうぞ。気軽に声をかけてくださいね」

速人は言って、立ち去ろうとした。

すると、菜摘が呼び止めたのだ。

「待って。お礼と言ってては何だけど、お昼をご一緒しませんか。簡単なものでよければ、すぐに作りますから」

「え……。でも、それじゃかえってご迷惑じゃ——」

「そんなに遠慮しないで。田川さんにはいつもお世話になっているんだし」

「そうですか。なら、ご厚意に甘えちゃおうかな」

「ぜひそうして。わたしも一人で食べるの、つまらないもの」

こうした流れで速人はご相伴《しょうばん》に預かることになった。思わぬ余録とはこのことだ。

実際、菜摘は手早く昼食を作り終えた。さすが家庭の主婦だけはある。

「うわあ、チャーハンだ。俺、好きなんです」

「本当に家庭料理で恥ずかしいんだけど」

「いいえ、家庭料理だからうれしいんですよ。こんなの久しぶりだな」

「そう？　ならよかった。どうぞ召し上がれ」

「いただきます」

具はソーセージの薄切りに、卵、ネギと至ってシンプルだ。しかし食べると味付けは単純なようで奥深く、速人は舌鼓《したつづみ》を打った。

「美味いです。まるで店で食べているみたいだ」

「そう言ってもらえるとうれしいわ。でもね、実を言うと調味料のおかげなの。中華の素を使っているだけなのよ」

菜摘は謙遜して言うが、飢えたようにかき込む青年を見て、うれしそうだった。

平皿に盛られたチャーハンは、瞬く間に速人の胃に収まっていた。食後、菜摘は温かいお茶を入れてくれた。

「今日もいいお天気ね」

「そうですね」

腹もくちくなり、リビングにまったりとした時間が流れる。改めて部屋を眺め渡すと、ところどころに女性らしい装飾が施《ほどこ》されていた。家具家電は備え付けのものだが、ふた月あまりの間に部屋は住人の色に染まっていた。

(菜摘さんにずっと居てほしいな)

そんなことを思ったとたん、速人は菜摘が初めて訪ねてきたときのことを思い出す。あのとき彼女は、夫が彼女の仕事をよく思っていない、だから部屋を借りたいと言っていた。

それがずっと頭に引っ掛かっていたのだ。

「東堂さん」

彼の口調が神妙だったせいか、菜摘は怪訝な顔をする。

「――なんでしょう」

「突然こんなことを言って驚かれるかもしれないけど、その……ご主人はまだ東堂さんのお仕事に反対されているんでしょうか」

彼としては夫婦仲を訊ねたかったのだが、さすがにそのままストレートに聞くのはためらわれたのだ。

すると、菜摘はしばし考え込むような表情をした。

沈黙に慌てた速人は言う。

「すみません、余計なことでした。撤回します」

ところが、ややあって菜摘は意を決したように口を開いた。

「本当を言うとね、ここに来たのはそれだけじゃないの」

「え……？」

菜摘が言うには、かねてより夫には腐れ縁の愛人がいるとのことだった。本人は妻にバレていることに気付いていないようだが、彼女はそれでずっと悩んでいたという。

「彼がわたしの仕事をよく思っていない、というのもウソじゃないの。けど、本当のところは、浮気している亭主と一緒にいたくないのよ」

「そうだったんだ……」

彼女の告白に速人は衝撃を受ける。では、先日マンションで見た幸せそうな家族の肖像は偽りの姿だったというわけだ。

語り終えた菜摘の顔は苦悩に歪んでいた。

「こんなこと、他人《ひと》様に言うことじゃなかったんだけど――」

それにつけても勝手な男だ。速人は菜摘の夫を憎んだ。自分はよそに愛人を作っておきながら、妻の仕事には口を出すのは、あまりに理不尽ではないか。

ふと見ると、菜摘の目に涙が浮かんでいる。

「すみません、辛いことを思い出させてしまって」

速人が慌てて言い繕《つくろ》うと、菜摘は涙顔を隠すように立ち上がる。

「ごめんなさい。ちょっと洗い物をするわ」

そう言って、キッチンで洗い物を始めるのだった。

速人の胸は揺れた。夫の気が知れなかった。あんな美しい妻を持ちながら、どうして愛人など作れるのだろう。近所に住んでいる頃から菜摘に憧れを抱いていた彼からすれば、到底信じられないことだ。

（俺ならきっと――）

キッチンに立つ菜摘の後ろ姿は寂しげだった。だが、同時に三十八歳の人妻の色香を存分に放ってもいる。ワンピースの裾から覗く白い脹ら脛が、速人の下半身を疼かせる。

気付くと彼は立ち上がり、フラフラと彼女のいる方へと向かう。同情と欲望の矛盾した思いが胸に渦巻き、自分でも何をしようとしているのかわからなかった。

「菜摘さん──」

速人は呼びかけ、背後から人妻の体を抱いた。

突然のことに菜摘は驚く。

「あっ……。田川さん、何をするの」

「わからないよ。でも俺、前から菜摘さんのこと──」

人妻の髪の根に鼻を埋め、手は服の上から膨らみをまさぐろうとする。

菜摘はその手を押し退けようとした。

「いけないわ、こんなこと」

しかし、その抵抗は本気でないようにも思われる。

人妻の温もりと匂いに速人はすっかり興奮していた。

「ふうっ、ふうっ」

押し退けられた手は下方へと向かい、柔らかな下腹部をまさぐった。

「ダメよ……ダメ……」

抗《あらが》う声も徐々に弱々しくなっていく。しまいには、速人の強引な愛撫に身をくねらせ、息遣いが荒くなっていった。

「菜摘さん、好きだ」

何ものかが速人を突き動かしていた。人妻の抵抗が止んだのをいいことに、彼は背中のジッパーを下げてワンピースを脱がせてしまう。

「ああ……」

菜摘の口から諦めたようなため息が漏れた。

下着は上下とも白だった。仕事熱心で実直な彼女にいかにも似つかわしい。熟女の背中はほどよく脂が乗っており、腰のラインが情欲をそそった。

「菜摘さんっ」

速人はその腰を抱き、背中に舌を這わせる。

「ああっ、どうしましょう」

「菜摘さんの体、すごくいい匂いがする」

「そんなことないわ。だって汗ばんで――」

「俺、我慢できないよ。菜摘さんが欲しい」

もはや抵抗はなかった。速人は彼女の肩に吸いつき、ブラの上から乳房を揉んでいた。

するとどうだろう、菜摘がついに振り向いたのだ。

「本当にわたしでいいの？」

蕩けた表情は女の顔になっていた。

「もちろんだよ。だって、俺——」

「キスして。お願い」

身体ごとこちらを向いた菜摘が唇を差し出してくる。

速人は勇んで唇を押しつけた。

「菜摘さんっ」

「ああ、こんなこと初めて」

菜摘は自ら舌を差し伸べ、彼の舌に絡ませてきた。

速人も夢中で舌を貪り、体をきつく抱きしめる。

「レロッ、ちゅぱっ」

「んふうっ、レロッ」

そうしながらもブラのホックを外し、パンティに手をかけて、人妻のたっぷりした尻たぼを撫でる。吸いつくような肌だった。

「ハアッ、ハアッ」

まさぐる乳房は柔らかく、手に収まりきれないほどだ。

身にまとうもののなくなった人妻に、もはや迷いは見られなかった。

「田川さんも脱いで」

「速人でいいよ」

「なら、速人さんも脱いでちょうだい」

火のついた菜摘は、これまでの遠慮をかなぐり捨てる。言いながら速人の服に手をかけて、首から脱がせてしまう。

「菜摘さんっ」

「速人さん――」

二人はもつれ合いながら、リビングへと移動する。その間にも速人は全裸になっていた。

ベッドに倒れ込むときには、菜摘が覆い被さる形になっていた。

「おうっふ――」

「速人さんの体、綺麗ね。お腹も出ていない」

彼女は言いつつ、男の乳首に吸いついた。

くすぐったいような快感が速人の全身に走る。

「はううっ」

「んふうっ、ちゅばっ」

人妻のねっとりとした舌使いに速人は身悶える。劣情に任せて襲いかかったのは彼の方だが、いまや菜摘の方が燃え盛っていた。

「レロッ、ちゅうぅ」

菜摘の顔は徐々に下がっていく。舌を這わせ、胸から臍《へそ》へ、そしてついにいきり立つ肉棒を射程に捕らえる。

「わたしでこんなに硬くなってくれているのね」

「もちろん。ああ、菜摘さんが俺のチ×ポを——」

「本当を言うとね、わたしも前から速人さんのことをいいな、って思っていたのよ」

ここにきて意外な告白だった。喜びに硬直がビクンと跳ねる。

それを目にした菜摘が初めて笑顔を見せた。

「速人さんのオチ×チン、舐めてもいい？」

「うう……お願いします」

「じゃあ、食べちゃう——」

彼女は言うと、亀頭をパクリと咥えた。

「じゅるっ、ちゅうぅ」

「うはあっ、菜摘さぁん」

「男の匂いがする。美味しい」

そうして菜摘はずるずると根元まで咥え込み、顔を上下し始めた。

「じゅぽっ、じゅるるっ、ずぽっ」

吸い込みの激しい、バキュームフェラだった。速人は身悶える。

「ううっ、菜摘さんのしゃぶり方エロい……」

「んんっ、大きくて硬いオチ×チン」

「ハアッ、ハアッ」

「じゅるるるっ、じゅぽっ」

菜摘はそうしてストロークしながらも、手で陰嚢をマッサージした。

「いっぱい溜まっているのね」

「う……、菜摘さんのことを考えて、俺ずっと」

「速人さんにそんなことを言ってもらえて、うれしいわ」

肉竿に充分唾液をまといつかせた後、彼女はさらに玉袋までしゃぶった。

「びちゅるっ、ちゅばっ」

人妻は愛に飢えていた。夫に裏切られ、傷心しているところへ現れた速人の存在は、彼女からすれば、縋りつかずにはいられない唯一の光だったのだろう。

「びちゅるっ、ずぱぱぱっ」

肉棒を扱き、陰嚢にしゃぶりつく姿にその心情が表われていた。

速人は快楽に溺れつつも、そんな彼女が心から愛おしく感じられた。

「菜摘さん、俺にも舐めさせて」

ここは与えられるより与えてやりたくなったのだ。

すると、菜摘もトロンとした顔を上げる。

「いっぱい愛してくれる?」

「もちろんだよ、ほら――」

彼は起き上がり、彼女を仰向けにさせた。

「脚を開いて」

「恥ずかしいわ」

「何を言っているんだよ、今さら」

「だって、速人さんからしたら、わたしなんてオバサンだわ」

明らかに欲情しながらも、菜摘はまだためらいを見せた。自分が相手よりひと回り以上も年上であることに引け目を感じているらしい。

速人はそんな彼女の心を開かせるため、秘めた思いを明かした。

「俺、ここに引っ越してくる前、菜摘さんと同じマンションに住んでいたんだ。向かい側のB棟だけど。そのときから菜摘さんのことを見ていた。叶わぬ思いだってことはわかっていたけど、ずっとずっとあなたが欲しかったんだ」

「速人さん——あ」

「菜摘さんは俺のことなんか覚えていないだろうけど」

「いいえ、思い出した。そう言えば、このアパートに来たとき、速人さんのことをどこかで見たことがある気がしたの」

「本当に？」

「ええ。でも、勘違いだと思ってた。あなただったのね」

菜摘の脳裏に記憶が蘇ったようだった。

「俺のことを気付いてくれていたなんて、うれしいよ」

「そうだったのね。ああ、速人さん来て」

彼女は、心密かに近所の人妻を欲望の目で見ていた彼のことを非難しなかった。そしてついに神秘へと続く門が開かれる。

パックリと開いた割れ目が現れた。速人は頭から突っ込む。

「菜摘さんっ」

「ああん、速人くんっ」

「いやらしい匂い」

媚肉は濡れそぼっていた。花弁が捩れ、よだれを噴きこぼしている。もったりとした牝の匂いがぷん、と鼻についた。

速人はたまらなくなり、割れ目にむしゃぶりつく。

「はむう……びちゅるっ、ちゅぱっ」

「ああっ、イイッ」

菜摘は敏感に反応した。身じろぎし、体をビクンと震わせる。

溢れる牝汁を速人は夢中で舐め啜った。

「菜摘さんのオマ×コ……おおっ……」

独身の部屋から盗み見た人妻への憧れが、彼の舌使いを熱心にさせた。

「びちゅるるるっ、じゅぽっ」

「はひいっ、速人くん……」

菜摘は顎を持ち上げ、悩ましい声をあげる。うっとりと目を閉ざし、うなじを上気させて悦楽の表情を浮かべていた。

「べろっ、じゅるっ——」

両脇に太腿を抱え、舌を這わせる速人。割れ目の形をなぞり、やがて尖らせた舌が肉芽を捕らえた。

菜摘の肉体が大きく跳ねる。

「んあああーっ、そこっ」

「菜摘さんのクリ、勃起しているよ」

「ダメ……あああっ、イイイイーッ」

包皮の剝けた肉芽は、小指の先ほどの大きさに勃起していた。速人は充血したそれを舌先で転がし、あるいは吸って、彼女への思いを表わした。

「レロレロッ……ちゅっぱ」

すると菜摘は大きく胸を迫り上げるようにし、鼻声を鳴らしたのだ。

「ああん、イッちゃううう」

「いいよ。菜摘さんがよかったら、イッちゃって」

「だって……あふうっ、わたしだけこんなに気持ちよくなって」

「いいんだ。菜摘さんがイクところが見たい」

「本当？　なら、イクよ。イッちゃうよ？」

「イッて。俺──びちゅるるるっ」

速人は頭を左右に振って、牝汁を顔面に浴びるように舐めたくる。

菜摘の腰が持ち上がってきた。

「んああっ、あっ。イクッ、イクぅっ……」

「じゅるるじゅぱっ、菜摘さぁん」

「イッちゃう、んんっ……イックううーっ！」

最後は仰け反るようにして、菜摘は絶頂を迎えた。

「あああっ、ああっ」

そうして息の抜けた声を出し、下腹部を痙攣させるのだった。

やがて速人が牝汁塗れの顔を上げる。

「菜摘さん？」

「ふうっ、ふうっ、ふうっ……。イッちゃったわ……」

全裸でぐったりと横たわる菜摘は淫らだった。日頃は仕事熱心で貞淑な人妻も、きっかけさえあれば貪欲な牝に変わるのだ。

ひと息つくと、菜摘がふと口を開いた。

「わたし、間違っているかしら」

「え――？」

何を言い出すのだろう。速人は怪訝な顔で彼女を見やる。

菜摘は言った。

「ここにお部屋を借りていること。一緒にいたらいたで辛いんだけど、こうして離れてみると、余計冷静に嫌なところに気付いてしまうみたい」

夫のことを言っているようだ。速人は答えた。

「どうして。客観的にわかっていいじゃない」

「そうだけど――」

菜摘の逡巡する顔を見て、ようやく彼は気付いた。彼女は夫のことは恨んでいても、家庭を壊したいとまでは思っていないのだ。

「そっか。でも、部屋を借りているのは正解だと思う」

「え……」

「だって、家では仕事もできないんでしょう？　そうなったら息が詰まるよ。菜摘さんがどの道を選ぶにせよ、一人でいられる場所は必要なんじゃないかな」

速人が力説すると、菜摘は何かにはたと気付いたようだった。

「そうよね。こうして速人さんとも出会えたんだし」

「そうさ」

真面目な顔で言う彼を見て、人妻は艶然と微笑んだ。

「速人さんって、可愛い人ね」

彼女は言うと、おもむろに覆い被さってきた。

「好きよ」

「俺も」

菜摘の唇がしんねりと押しつけられる。

「んちゅっ、ちゅばっ」

「ふぁむ、レロッ」

自ずと舌が絡み合い、唾液が行き交った。

その間にも、菜摘の手が肉棒に伸びる。

「速人さんのこれ――」

「むふうっ」

半勃ちだった肉竿が、細い指に扱かれてムクムクと膨らみ出す。

菜摘は懸命に舌を絡ませながら、陰茎を扱いた。

「可愛い速人さんが欲しくなってきちゃった」

「ううっ、俺も……」

「さっきはいっぱい愛してくれたわ。今度は一緒に気持ちよくなりましょう」

「ハアッ、なろう……」

逸物は瞬く間に怒髪天を衝いていた。

菜摘は手のひらに亀頭を包むように弄りながら囁く。

「わたしが上になっていい？」

「いいよ。ううっ……」

人妻の手慰みにうっとりした速人はなすがままだった。

やがて菜摘が彼の上に跨がってくる。

「わたし、結婚してから他の男の人とするの初めてよ」

「本当に？　……ううっ」

「信じてくれる？」

問いかけながら、逆手で肉傘を弄り回すのだ。速人は焦燥感に駆られ、無意識に腰

人妻とは別人のようだ。

「もちろん、速人さんも欲しいの」

明らかに菜摘は焦らすのを愉しんでいた。半別居状態に思い悩んでいた人妻とは別人のようだ。

ペニスは劣情の証を大量に噴きこぼしていた。

「菜摘さん……」

「挿れるね――」

そしてようやく菜摘は腰を下ろした。

「あふうっ、入ってきた」

「おうっ」

蜜壺はぬぷりと太茎を受け入れ、根元までしっかりと咥え込む。

すると、菜摘は長々と息を吐いた。

「ハアァァッ、速人さんが中にいる」

「菜摘さんの中、あったかくてヌルヌルしてる」

「んあっ、ピクピクさせちゃダメ」

「だって、もう我慢できないよ」

「ダーメ。わたしが動かすんだから」

菜摘は言うと、尻を浮かせていく。

「ああん」

「おうっふ」

蜜壺の凹凸が太竿を舐めた。速人は呻く。

人妻はグラインドを繰り出した。

「んああっ、ああっ、イイッ」

菜摘が体を起こし、膝のクッションで上下すると、結合部がぬちゃくちゃと濁った音を立てる。

「あはあっ、いいわ。感じちゃう」

「菜摘さんの――っくう、中がグチョグチョだ」

「だってぇ、速人さんのが暴れるの」

浅い息を吐き、人妻は淫らに躍動していた。これまで我慢していたものを一気に解放しているかのようだった。

「はひぃっ、イイッ……」

愉悦に没頭し、菜摘は腰を振り続けた。

下になった速人は、容赦ない快感の連続に陶然となる。

「ハアッ、ハアッ。っくう、菜摘さん……」

「速人さんも感じる？　わたし……んああっ、こんなの初めて」

彼女は言うと、堪えきれなくなったように前屈みに倒れ込む。

その体を速人は受け止めた。

「感じるよ。ううっ、菜摘さんのオマ×コたまらないよ」

「ああん、いやらしい速人さん——」

しっかりと抱き合った二人は、互いの恥骨を押しつけるようにしてまぐわう。

「ハアッ、ハアッ、ハアッ」

「んああっ、んふうっ、イイッ」

汗ばんだ菜摘の体は熱を帯びていた。夫に裏切られ、孤独をかこっていた人妻が、
女としての悦びに没頭する様は美しかった。

速人も下から腰を突き上げていく。

「ぬおっ、っく。ハアッ、ハアッ」

すると、菜摘は全身を打ち振るわせた。

「あふうっ、速人さん……はひいっ」

「菜摘さんっ、菜摘ぃ……」

「ああぁっ、もっと突いて。いっぱい愛して」

官能の最中、口走る言葉に本音が見え隠れする。人妻は愛に飢えていた。

速人はそんな菜摘が愛おしく感じられた。

「おおっ、菜摘さん――」

体を密着させたまま、横様に転がる。

菜摘は側位を柔軟に受け入れた。

「あふうっ、速人さぁん」

あうんの呼吸で脚を広げ、男が抽送しやすいようにする。

速人は腰だけで突き入れた。

「ハアッ、ハアッ、おうっ」

「気持ち……イイッ、ああダメ――」

「菜摘さんと、ずっとこうしていたい」

「んああっ、わたしも。速人さん、好きよ」

「俺も……」

小刻みなリズムで蜜壺の奥を掻き回す。

「うあぁぁあっ」

「はひっ……ああああーっ」

菜摘は高く喘ぐと、辛抱たまらず速人の頭を抱きかかえた。

谷間に埋もれた速人は暗がりで腰を突く。

「むふうっ、ふうっ、ううっ」

媚肉の粘膜が太竿に絡みついた。ヌルヌルした肉襞が性感帯をくすぐり、欲望を煽り立てるのだ。

「速人さん、チュー」

年上妻が甘えた声でキスをねだってくる。悩ましい表情を浮かべ、唇を突き出す姿がたまらなく愛おしい。

「菜摘さんっ、むちゅっ」

「レロッ、じゅぱっ」

狂乱の中、交わされるキスは自ずと濃厚になる。触れる唇は性感帯となり、舌は生殖器となった。

速人が舌を尖らせて突き出すと、菜摘は唇を女性器に見立てて受け入れた。

「じゅっ、じゅるっ」

「んふうっ、じゅろっ」

その反対もまたしかりだった。

男女はもつれ合いながら、さらに体位を変えていく。正常位だ。

上になった速人はいったん舌を解いた。

「ぷはあっ——菜摘さん、可愛いよ」

「オバサンをからかうもんじゃないわ」

菜摘は恥じらうが、上気した顔は女の輝きを放っていた。

速人はムキになって言い返す。

「俺、本気で言ってるんだけど」

「そうね。速人さんって、嘘をつける人じゃないもの」

「わかってくれた？」

「ええ、もちろん。きて」

男に求められてこそ、女は美しくなれるのだ。菜摘もそうだった。母親の顔をしているる彼女も尊く美しかったが、ベッドでの妖艶な輝きは別の魅力を放ち、彼女自身を内側から輝かせていた。

「いくよ」

「うん」

熱い視線が絡み合い、やがて速人は抽送を繰り出していく。

「ハアッ、ハアッ」

肉棒は順調な滑り出しを見せた。

下で菜摘が喘ぐ。

「あんっ、ああっ」

ゆったりしたリズムが快適だった。彼が腰を穿つたび、濡れた割れ目はぬちゃくちゃと湿った音を立てる。

「ハアッ、ハアッ、ハアッ」

速人は片方の脚を抱え、さらに奥を抉った。

「ああっ、イイッ……」

すると、菜摘の喘ぎも深くなる。一箇所にジッとしていられないかのように体を波打たせ、白い喉を晒《さら》し浅い息を吐いた。

「奥に、当たる——」

「ああ、菜摘さん……」

ウットリと抽送に耽る速人だが、そのときふとテーブルに置かれたスマホ画面が目に入る。そこにメッセージのお知らせが光っていた。

《早く帰ってこい。晩飯はいらない》

夫からのようだった。

幸い音は鳴らず、菜摘は気付いていないようだ。速人は横目で液晶画面が消えるのを待った。

「菜摘さん」

「ん。どうしたの」

何も知らない人妻は、艶然と微笑んでいた。この輝きを消したくない。ほんの一時だけでも、彼女の苦悩を忘れさせているとすれば、彼はそれで充分だった。

「何でもない。すごく綺麗だ」

「そう？　うれしいわ。速人さんのおかげよ」

菜摘は言うと、首をもたげてフレンチキスをしてきた。

速人の胸は締めつけられる。

「ああ、菜摘さん……」

たまらず抱きしめると、菜摘はクツクツと笑う。

「どうしちゃったの。ねえ、いっぱい愛してくれるんでしょう」

「ああ……、もちろんさ」

「だったら、ねえ。余計なことは考えないで」

菜摘は何かに気付いているのだろうか。あるいは彼のような青年の心の揺れ動きくらいはお見通しなのかもしれない。

「今日は——今日だけは女でいさせて」

「うん、わかった」

そこで速人も、それ以上の言葉をグッと呑み込んだ。夫婦間の問題は立ち入れない。彼にできるのは、この瞬間彼女をたっぷり愛してあげることだけなのだ。

その思いを伝えるため、速人はいったん腰を引いた。

「おうっ……」

「あっ……どうして」

ふいに結合を解かれ、菜摘は怪訝そうな顔を見せる。

速人は言った。

「菜摘さんが女であることを見せてあげる」

「え……？」

とまどう菜摘に対し、速人は彼女の太腿の裏に潜り込む。そのまま足を頭の方へと、体を折り畳むようにして持ち上げたのだ。

「それっ――」

「ああっ……うぐぅ」

見事なマングリ返しの体勢になった。天井を向いた尻が、速人の顔の前にあった。

「舐めるから、よく見てて」

彼は言うと、舌を出し媚肉をベロリとなめた。

とたんに菜摘が喘ぐ。

「あああっ……」

「こんなにヌルヌルして。いやらしいオマ×コだ」

「ああん、速人さんがわたしのを――」

「近所にいるときから、ずっとこれが欲しかったんだよ」

速人は割れ目にむしゃぶりつき、わざと音を立ててねぶる。

「びじゅるるるっ」

「はうんっ……イイイッ」

感じる菜摘の下肢が暴れようとするが、速人がしっかり捕まえていた。

「美味しいジュースがいっぱい溢れてきた」

「ダメッ……あふうっ、そこっ」

「菜摘さん、とってもエロい顔してる」

「ああん、だってぇ……」

口舌奉仕するところを見せつけられ、菜摘はうなじを真っ赤にして身悶えた。

「エッチな大家さんね――」

「びちゅるるるっ、じゅぱっ。美味しい」

このままずっと牝臭に埋もれていたい。速人は頭を真っ白にして、ひたすら欲望のまま人妻の秘部を舐めたくった。遠くから憧れていた女とついにここまできたのだ。

アパート経営を始めてよかったと心から思えた。

「ああっ、わたしもうダメ。我慢できないわ」

ふいに菜摘が言い立てる。

恥毛越しに速人は訊ねた。

「どうしたいの?」

「欲しい。挿れて。速人さんの硬いの」

「オチ×ポが欲しいの?」

「そうよ……。んああっ、早くうっ。オマ×コしてえっ」

速人の態度に焦れったくなったのか、菜摘は人妻とは思えない淫靡な表情を浮かべ、淫語を口走って挿入をねだった。

「よし、わかった」

応じる速人もすでに臨戦態勢だった。

しかし、マングリ返しの体勢は変えない。菜摘の尻を天井に向けたまま、彼は覆い被さるように硬直を上から突き入れたのだ。

「ぬおぉ……」

「うふうっ、きた――」

蜜壺を上から蓋をするような形で肉棒は収まっていた。

下になった菜摘は真っ赤な顔をして息をしている。

「ふうっ、ふうっ」

「いくよ」

速人は折り畳んだ脚の膝裏を押さえつけ、腰を上下させ始める。

「ううっ、うお……」

「ぬふうっ、ああ……」

杭を打つような抽送が始まった。

「ほうっ、ぬうっ」

「あっふ、んんっ」

菜摘の折り畳まれた体がクッションになり、ピストン運動にリズムが生まれる。

組み伏せる速人も、額に汗を浮かべていた。

「ハアッ、ハアッ。ううっ、菜摘さんっ」

「ぐふうっ、あっ。すごい、奥に当たる」

身動きできない菜摘も悦びに顔を輝かせている。

アパートの部屋には、男女の喘ぐ声と湿った音が鳴り響いていた。ブレーカーが落ちたのをきっかけに、いつしか二人は全裸で絡み合っていた。大家と人妻。本来ならあってはならない関係だが、ここメゾン・コンソラシオンは、様々な女たちに癒やしを与える特別なアパートなのだ。

「菜摘さんっ、菜摘さぁん」

「んああっ、速人さんっ。イイイーッ」

愉悦が高まるのと同時に、ピストンの回転も上がっていく。

「うあああぁ、イキそうだ――」

腰を振る速人は射精感に襲われつつあった。

一方、菜摘も苦しそうだった。

「うふうっ、うっ、ああっ、イク……」

自ずと二人は互いの目を見つめ合う。

「イクよ。いい？」

「うん。わたしも……。一緒にイッて」

「菜摘さあんっ」

呼びかけた速人は猛烈に腰を突き入れた。

菜摘の顔が悦楽に歪む。

「はひいっ、イク……イッちゃううううっ」

組み伏せられた状態で激しく痙攣し、ガクガクと顎を揺らした。

蜜壺がキュッと締まる。

「……あ。出るっ！」

気付くより、発射する方が早かった。大量の白濁が中に放たれる。

立て続けに菜摘が絶頂を迎えた。

「イクッ……イイッ、イックうううーっ！」

アパート中に鳴り響くかと思うような声をあげて愉悦を貪る。不自由な姿勢にもかかわらず、懸命に背中を反らし、快楽を最後のひとしずくまで味わい尽くすようだった。

「ハァァァァ……」

すべてが終わり、速人が上から退いたとき、人妻は長々と息を吐いた。投げ出された脚の間からは、泡立つ白濁が花弁から滴《したた》り落ちているのだった。

悦楽の余韻も冷めやらぬ中、ふと菜摘は言う。

「本当にいい部屋が見つかったと思っているわ。特に大家さんが」

「ご満足いただけて幸いです」

「やっぱりもうしばらくご厄介になることにするわ」

「喜んで」

人妻は契約更新を申し出た。この分ならアパートも安泰だ。

メゾン・コンソラシオンの経営は順調だった。ある日、栗栖が祝杯を挙げようと言い出し、速人の部屋で飲むことにした。

「これで半年間、ほぼ稼働率は百パーセントだったわね。まずは乾杯しましょう」

「栗栖さんのおかげだよ。乾杯」

　夕方、差し向かいで飲むビールは美味かった。つまみは、速人がスーパーで適当に見繕《みつくろ》ってきたものだが、それで充分だった。

　栗栖が柿ピーをつまみながら言う。

「おかげさまでね、あたし個人としても依頼が増えたの」

「へえ、よかったじゃない。おめでとう」

　速人は心から彼女に感謝していた。一人では決して今のような成功は覚束《おぼつか》なかったはずだ。栗栖の繁栄は彼にとっても喜ばしいことだった。

「やっぱりわたしが見込んだ男だけあるわ」

　ふと栗栖が言い出し、速人は虚を突かれる。

「え……。どうしたの、突然」

　しかし、彼女はすぐには答えず、ビールを置いてにじり寄ってくる。

「知ってるわよ。大家さんがいいから、店子も離れないってこと」

　探るような目で言うと、いきなり栗栖はズボンの中に手を突っ込んできた。

「うぐっ……栗栖さん、何を」

「んふ。あたしたちが出会ったの、運命だったかもしれないわね」

細指で肉棒を扱かれ、瞬く間に速人の息が上がる。

「ハアッ、ハアッ。そうだね、運命だったのかも」

お返しとばかりに彼は栗栖の乳房を服の上から揉みしだく。

「あんっ、エッチな触り方。感じちゃうでしょ」

「栗栖さんが先に仕掛けてきたんじゃないか」

「ね、ここみたいなアパートを増やしていかない？　絶対成功するわ」

「いいね。でも、その前に――」

栗栖の提案に賛成しながら、速人は彼女をベッドに押し倒す。

「お祝いエッチ、する？」

「する。きて、速人」

こうして二人はイチャつきながら、将来の展望を語り合うのだった。


（了）

※本作品はフィクションです。作品内に登場する
団体、人物、地域等は実在のものとは関係ありません。

宿《やど》なし美女《びじょ》との夜《よる》

〈書き下ろし長編官能小説〉

2022年12月12日初版第一刷発行

著者……………………………………………伊吹功二

デザイン………………………………………小林厚二

発行人…………………………………………後藤明信
発行所…………………………………株式会社竹書房
〒102-0075　東京都千代田区三番町8-1
三番町東急ビル6F
email：info@takeshobo.co.jp
竹書房ホームページ　http://www.takeshobo.co.jp
印刷所……………………………中央精版印刷株式会社

■定価はカバーに表示してあります。
■落丁・乱丁があった場合は、furyo@takeshobo.co.jp までメールにて
お問い合わせください。